나를 팔로우 하지 마세요

초판 1쇄 펴냄 2020년 4월 3일
　　15쇄 펴냄 2024년 6월 28일

지은이 올리버 폼마반
옮긴이 김인경

펴낸이 고영은 박미숙
펴낸곳 뜨인돌출판(주) | 출판등록 1994.10.11.(제406-251002011000185호)
주소 10881 경기도 파주시 회동길 337-9
홈페이지 www.ddstone.com | 블로그 blog.naver.com/ddstone1994
페이스북 www.facebook.com/ddstone1994 | 인스타그램 @ddstone_books
대표전화 02-337-5252 | 팩스 031-947-5868

ISBN 978-89-5807-755-8 03840

VivaVivo 42

나를 팔로우 하지 마세요

올리버 품마반 지음 | 김인경 옮김

뜨인돌

차례

진짜 '비의 연대기'를 만든
베로니카 리에게

#1_비의 연대기

아침에 일어나자마자 보이는 건 언제나 엄마의 휴대폰이다.

"비, 일어났구나!"

엄마가 휴대폰으로 침대에 누워 있는 나를 찍었다.

"흐음, 다시 찍어야겠다. 자연스럽게 좀 해 봐."

엄마 말에 나는 하품을 하면서 옆으로 누웠다. 열네 살짜리 여자애가 이렇게 이른 시간에 눈을 뜬다는 것부터가 자연스럽지 않다. 눈을 질끈 감았다. 찰칵거리는 소리가 몇 번 들렸다.

"아, 훨씬 낫다. '평범한 하루의 시작'이라고 하면 되겠어."

엄마가 말했다. 평범하다고? 인스타그램에 열성인 엄마가 있다면 그럴 수가 없다.

내 생활은 하루도 빠짐없이 사람들의 휴대폰 화면에 스치듯 전시된다. 태어난 지 두 시간 만에 나는 엄마의 페이스북 게시물로 세상에 소개되었다. '#비의_연대기'라는 태그를 달고 말이다.

내 이름은 베로니카 리, 사람들은 줄여서 '비'라고 부른다. '비의 연대기'는 내 이야기가 올라가는 SNS 계정 이름이다. 그렇다. 부모가 아이의 계정 이름을 정하다니, 이것 역시 자연스럽지 않다. 그나마 엄마가 괜찮은 이름을 지어 주어서 다행이다.

아빠는 아무런 의견도 보태지 않았다. 아빠는 내가 태어나기 전에 엄마를 떠났기 때문이다. 이건 엄마에게 조금 민감한 이야기다. 내가 아는 건 아빠가 우리를 두고 홍콩으로 돌아갔다는 사실이 전부. 그날 이후로 연락이 닿은 적이 한 번도 없기 때문에 아빠는 어쩌면 화성으로 가 버렸을지도 모를 일이다.

엄마가 내 이야기를 올리기 시작한 곳은 '비의 연대기'라는 블로그였다. 그 당시 엄마는 집에서 세무사 일을 하면서 나를 돌봤다. 엄마의 블로그는 혼자 아이를 돌보는 부모들 사이에서 꽤 유명해졌다. 수많은 사람이 엄마의 게시물에 '좋아요'를 눌렀다. 곧이어 인스타그램에 공개 계정을 만들었고, 이제 엄마는 인스타그램에 온 힘을 쏟고 있다.

덕분에 나는 일기를 쓸 필요가 없다. 엄마가 운영하는 인스타그램 계정에 내 모든 일상이 다 올라가 있으니까. 엄마는 나를 '우주 대스타'라고 부른다. 엄마가 만든 우주에서는 수천 개의 행성들이 내 주위를 돌면서 나만 바라보고 있다나. 엄마는 내가 일곱 살이 되자 내게 '비의 연대기'를 계속해도 괜찮겠냐고 물었다. 그리고 우리가 한 팀이라고도 했다. 그날 이후 엄마는 내 생일날마다 같은 질문을 한다. 지금까지 나는 매번 좋다고 대답했다.

내 생일은 8월 1일이고 앞으로 6주 남았으며, 그래서 아직은 그 문제를 고민할 필요가 없다. 나는 일어나지 않은 일은 별로 고민하지 않는다. 사실 지금은 눈앞에 닥친 일에 집중해야 할 때다. 그러지 않으면 지각할 테니까.

가방을 챙겨 부엌으로 뛰어 내려갔다. 벌써 아침 식사가 차려져 있었다. 블루베리를 곁들인 그래놀라와 요거트였다. 나는 블루베리부터 집어 먹었다.

"코코 팝스 먹으면 안 돼?"

"코코 팝스는 사진발이 잘 안 받아. 전에 해 봤잖아."

"그래도 맛은 수백 배 좋아. 오늘 아침엔 이거 찍어서 올릴 거야?"

"아니, 어제 저녁 식사 사진을 올렸으니까 연달아 음식 사진을 올리지는 않을 거야."

냉장고 옆에 붙은 화이트보드에는 인스타그램에 올라갈 게시물 아이디어 목록이 적혀 있었다.

"내 캘리그래피는 어때?"

내 제안에 엄마가 휴대폰 화면을 쓸어 올렸다.

"음, 그건 지난주 수요일에 올렸는데."

나는 엄마 귀에 달린 반달 모양의 귀걸이를 만졌다.

"이건 어때? 새로 샀어?"

엄마가 귀걸이를 달랑달랑 흔들었다.

"너한테는 좀 클 텐데."

"아니, 그 귀걸이를 한 엄마 모습을 올리면 어떠냐고. 12만 1007명의 팔로워들이 엄마를 궁금해하잖아."

"지금은 12만 1116명이야. 게다가 계정 이름은 '비의 연대기'라고."

엄마가 빈정대는 투로 말했다.

"왜 이래, 엄마. 우린 한 팀이라며?"

"효과 있을 만한 걸 올려야지."

엄마가 내 코를 살짝 집으며 말을 이었다.

"네 이야기야말로 효과 만점이거든. 뭔가 즉흥적인 거 없을까?"

"이 모든 게 이미 즉흥적이지 않잖아. 오늘은 그냥 넘어가면 안 될까? 나 학교 늦었는데."

나는 초조한 마음에 손가락으로 식탁을 두드렸다.

"비, 사람들이 우리 사진을 기다리고 있어. 우리 팔로워들에게는 아침 식사에 곁들일 상큼한 비타민 같은 네가 필요할 거야."

"이젠 팔로워가 리모컨을 쥐고 우리를 조종하려 드네."

나는 입을 삐죽댔다. 이럴 땐 엄마랑 팀으로 움직이는 일이 달갑지 않다. 가끔은 내가 '좋아요'를 받으려고 재주를 부리는 동물원의 물개 같다는 생각이 든다.

"그냥 미쳐 버릴 것 같다고 올리면 어때?"

나는 가방을 열어 식탁 위에서 뒤집었다. 색연필이 쏟아져 사방으로 흩어졌다. 연습장과 책도 아무렇게나 널부러졌다.

"이걸 찍어 올려!"

엄마가 색연필 몇 자루를 가운데로 밀더니 의자 위로 올라갔다. 그러고는 공중에서 수직으로 식탁 위를 찍었다.

"이거 괜찮네. '뒤죽박죽 월요일 아침'이라고 올리면 되겠어."

"그럼 해결됐으니까 이제 엄마가 정리해 주라."

"뭐야? 어지른 건 너잖아."

"우린 팀이라며, 엄마가 그랬잖아?"

엄마가 앓는 소리를 내면서 색연필을 줍기 시작했다. 나도 웃으면서 엄마를 도왔다. 순간 감정적으로 굴어서 조금 미안하기도 했다.

"엄마, 귀걸이 진짜 잘 어울려."

내가 중얼거리자 엄마가 내 볼을 살짝 꼬집었다.

"고맙다, 비."

나는 엄마가 '비의 연대기'에 자신의 모습도 드러냈으면 좋겠다. 우리는 한 팀이라지만 가끔은 나 혼자 모든 걸 하는 기분이다.

#2_짜증 폭발 월요일 아침

　엄마는 팔로워가 많아서 즐거운지 몰라도 현실에 있는 나는 그다지 즐겁지 않다. 중학교 생활은 특히 그렇다. 모두가 내 이름을 알지만, 모두가 나를 진심으로 알아주는 건 아니기 때문이다. 이 문제에 대해서는 나중에 밝히도록 하겠다.

　학교 가는 길에 애너벨네에 잠깐 들렀다. 집 앞에 배관 공사용 화물차가 주차되어 있었다. 애너벨 아빠가 집에 있다는 뜻이다. 현관문을 세 번 두드리자 아저씨가 문을 열었다. 작업복 차림이었다.

　"비, 왔구나."

　"안녕하세요, 아저씨."

　"애너벨이 좀 늦는구나."

　아저씨가 들어오라고 손짓했다.

　"애너벨이 저한테 좀 배워야 하겠는데요. 오늘 바쁘세요?"

　나는 빙긋 웃었다.

"일이야 6시에 시작했지. 아침 식사하러 잠깐 들른 거란다."

와우, 나는 부지런한 축에도 못 끼겠다. 아저씨를 따라 거실을 지나 부엌으로 가는데 애너벨이 뒤에서 어깨를 두드렸다.

"눈 감고 손 내밀어 봐."

애너벨이 속삭였다. 손을 내밀자 내 손바닥에 물컹하고 끈적끈적한 것이 톡 떨어졌다. 까칠한 느낌도 났다.

"차갑고 까끌까끌한데."

"까끌까끌해?"

애너벨이 물었다. 나는 손가락으로 슬라임을 꾹 눌렀다.

"음, 이건 반짝이가 틀림없어."

"역시 내 수제자야."

나는 애너벨이 손가락을 튕기는 소리에 눈을 떴다. 형광 초록빛 슬라임 속에 은색과 금색 반짝이가 보였다. 그 모습이 마치 마법에 걸린 개구리 같았다.

"네 번 만에 완성했어. 다른 걸 넣으니까 너무 오톨도톨하더라고."

애너벨은 슬라임 퀸이다. 인스타그램으로 유명해지려는 목적 없이 나와 어울리는 몇 안 되는 진짜 친구 중 한 명이기도 하다.

"학교 끝나고 나랑 거품처럼 폭신한 슬라임 만들지 않을래?"

"좋지."

내 말에 애너벨이 미소 지었다.

"좋았어! 우리 엄마는 내가 용돈을 죄다 면도 크림이랑 식염수랑 공작용 풀을 사는 데 쓰니까 나보고 정신 나갔다고 하더라."

"그렇게 따지면 우리 엄마는 그냥 정신 나간 게 일상이야. 오늘 아침엔 가방에 든 걸 식탁 위로 다 쏟아서 엉망이 된 걸 찍어서 올리더라고."

"그게 '비의 연대기'에서는 지극히 정상적인 일이지."

애너벨이 웃으면서 말했다.

현관으로 향하는데 애너벨 아빠가 외쳤다.

"애너벨, 뭐 잊은 거 없니?"

"아, 맞다!"

애너벨이 자기 아빠에게 되돌아가더니 손으로 오리 주둥이를 만들며 말했다.

"안녕, 아빠 오리."

"좋은 하루 보내라, 우리 꽥꽥이."

아저씨도 손으로 오리 주둥이를 만들어 대답했다. 그러고는 두 사람은 부리를 서로 맞붙이며 뽀뽀하는 시늉을 했다. 애너벨 말로는 오리 뽀뽀를 한 건 네 살 때부터였단다. 그 모습은 오글거리면서도 꽤 다정해 보였다.

애너벨이 나를 곁눈질했다.

"미안, 비. 너도 할래?"

"아니, 너희 아빠인데 내가 왜."

말하고 보니 좀 민망했다. 그래서 한 마디 덧붙였다.

"나는 고양이가 좋아."

"알았어, 비냥아."

애너벨이 손으로 만든 부리를 벌리며 말했다.

우리는 현관을 나와 학교를 향해 뛰기 시작했다. 학교에 들어서자 메리포드 고등학교 1학년생 몇 명이 내 앞으로 모여들어 길을 막았다. 그때 래리가 불쑥 끼어들었다.

"비, 나랑 셀카 좀 찍어 줄래?"

"넌 정말 한결같다."

내가 한마디 했다.

"응, 네가 아직 유명하니까. 넌 메리포드 중고등학교에서 인스타그램 팔로워가 가장 많잖냐."

이러다 내가 무슨 상이라도 받게 되는 건 아닐까. 아니면 학교에 내 이름을 딴 뭐라도 생길지 모른다. 비의 미술실, 비의 정원… 그나마 비의 나무 정도라면 괜찮을 것 같다. 초등학교 때에도 친구들이 나를 평범하게 대하기까지 몇 년이 걸렸다. 그런데 중학교에 들어오니 몽땅 다시 시작해야 했다. 이번엔 한 학기면 충분하겠지 생각했다. 하지만 벌써 1학년 2학기가 끝나 가는데 아직도 내 이름을 부르면서 관심을 끌려고 하는 아이들이 있다.

"좋아, 빨리 찍자."

한숨을 쉬며 래리에게 말했다. 애너벨이 옆쪽으로 비켜섰다. 래리가 뒤쪽으로 쭉 늘어선 친구들을 배경으로 사진을 찍었다. 유명인이라기보다 장난감이 된 기분이었다. 이럴 때 진짜 연예인이나 슈퍼히어로나 외계인이 나타나서 애들의 시선을 끌면 좋을 텐데. 그사이에 애너벨과 나는 냉큼 자리를 뜨면 되니까.

"햄버거여, 영원하라!"

자전거를 탄 브라이언이 한 손에 햄버거를 들고 우리 옆을 지나가며 외쳤다. 액션 카메라를 이마에 매단 매티가 그 모습을 찍으며 브라이언을 쫓아갔다. 래리와 아이들이 베이컨과 달걀 냄새가 훅 끼치는 방향으로 고개를 돌렸다. 모두 브라이언에게 정신을 빼앗긴 사이 나는 애너벨과 도망쳤다. 유명해지는 것이 꿈인 브라이언이 나를 구한 셈이다. 브라이언에게 갚을 빚이 생겼다.

애너벨과 나는 핸드볼 경기장을 거닐며 그늘진 곳을 찾았다. 애너벨은 햇볕 아래 있는 것을 좋아하지 않았다. 걔가 뱀파이어나 눈사람이라는 뜻은 아니다. 그냥 피부가 약해서 그렇다.

브라이언이 자전거를 거치대에 세우더니 우리에게 다가왔다.

"비, 애너벨, 안녕."

"설마 학교 오기 전에 햄버거를 하나 더 먹은 거야?"

나는 손을 흔들며 말했다.

"집 근처에서 아주 작은 카페를 발견했지 뭐냐. 거기서 베이컨 에그 소고기 햄버거에 체리콜라 바비큐 소스를 뿌려서 팔더라고. 진짜 달콤하고 맛있었어."

"그래, 네 셔츠에서 냄새가 난다."

브라이언은 내 말을 듣더니 셔츠에 묻은 소스 자국을 찾아냈다.

"이건 전투에서 입은 상처라고."

"어제 네 버거그램에 올린 사진이 그거였어?"

애너벨이 물었다.

"와, 너 벌써 봤구나! 내 팔로워 65명 중 한 명이 되어 주어서 정말 고맙다.”

브라이언이 셔츠에 묻은 얼룩을 훑으며 말을 이었다.

“어쨌든, 그냥 지나칠 수가 없더라. 햄버거가 나를 부르더라니까.”

“먹어 달라고?”

내가 물었다.

“그렇지, 나는 햄버거의 신에게 선택 받은 몸이니까.”

브라이언이 휴대폰을 꺼냈다. 나는 아직도 휴대폰만 보면 선생님에게 걸릴까 봐 반사적으로 주변을 살핀다. 초등학교 때는 운동장에서도 휴대폰 사용이 금지되었기 때문이다. 하지만 중학교에서는 수업 시간만 아니면 휴대폰을 써도 괜찮다.

“아오, 아직 ‘좋아요’가 고작 1개라니. 그래도 게시물을 계속 올리면 팔로워가 늘어나겠지.”

나는 엄마가 브라이언의 젓가락 같은 몸을 빌려 내 앞에 나타났다고 착각할 뻔했다. 엄마도 늘 똑같은 말을 하기 때문이다. 게시물을 자주 올리지 않으면 팔로워들은 네가 죽은 줄 알 거라나.

후드를 쓴 매티가 다가왔다.

“잘했어, 버거 브라이언.”

“고맙다, 내 조수.”

“뭐? 동업자라고 불러라.”

“그럼 2인자라고 해 두지.”

브라이언이 나와 애너벨을 돌아보며 말했다.

“매티에게 내 계정에 접속하는 권한을 줬거든. 그래서 내가 바쁠 때는 매티가 대신 댓글을 달 수 있게 되었지."

"얘 손에 기름이 잔뜩 묻어 미끈거릴 때도 누군가 버거그램을 맡아야 할 것 아니냐."

매티가 옆에서 거들었다.

"그렇지, 올해 말까지 게시물 백 개 올리는 게 목표야."

브라이언이 배를 두드렸다.

"그 전에 심장 마비만 안 온다면."

내가 말했다.

"그렇다 해도 내가 좋아하는 일을 하다가 죽는 거잖아. 평생 버거 브라이언으로 살다 가는 거라고!"

"평생 치고는 엄청 짧네."

"걱정 마, 브라이언이 죽어도 내가 얘 인스타그램을 계속할 거니까."

매티가 유들유들 웃으며 말했다.

"네가 버거 브라이언으로 불리는 건 안 돼. 내가 죽으면 널 길동무로 삼을 테다."

브라이언이 두 팔을 벌리고 매티에게 달려들더니 자기 겨드랑이를 매티 얼굴에 갖다 댔다. 마침 1교시 수업 준비 종이 울린 덕분에 매티는 끔찍한 죽음을 면했다.

우리는 영어 수업을 들으러 교실로 향했다. 수업 대부분을 같은 초등학교를 함께 졸업한 아이들과 같이 들었기 때문에 마치 6과 2분의 1학년을 다니는 기분이었다. 운 좋게도 영어와 수학은 애너벨과 함께 들었다. 우리는 초등학교 때처럼 같이 앉아 수업을 듣는다.

"어서 들어가라. 휴대폰은 가방에 넣고."

램 선생님이 문 옆에 서서 밝게 말했다.

"저 선생님, 커피를 많이 마신 게 틀림없어. 월요일 아침에 기분 좋은 사람이 누가 있겠냐고."

브라이언이 입을 조그맣게 만들어 속삭였다.

"너무 그러지 마. 새로 오신 분이잖아."

내가 대꾸했다. 아닌 게 아니라 램 선생님은 워낙 어려 보여서 마치 우리 중 누군가의 언니라고 해도 믿길 정도였다. 게다가 선생님은 휴대폰을 뒷주머니에 꽂아 두고 있었다. 영어 교과용 트위터 계정에 올릴 사진을 찍는 데 필요해서겠지만, 나는 선생님이 수업 중에 자신의 인스타그램 계정을 확인하는 모습을 본 적이 있다. 물론 그런 걸 신경 쓰는 아이는 없었다. 선생님은 예쁜 데다 정말 좋은 분이기 때문이다.

나는 필통을 꺼내서 빨간색 펜을 찾았다. 램 선생님이 내 옆에서 허리를 굽히고 입을 쭉 내밀며 말했다.

"행운의 보라색 색연필을 찾는 거니?"

"무슨 말씀이세요?"

"어머니께서 아침에 올린 게시물에 써 놓으셨던데. 그걸 못 찾았다고 말이야. 네가 월요일 아침이라 짜증 폭발했다면서."

"짜증 폭발이요?"

나는 너무 놀란 나머지 들고 있던 펜을 두 동강 낼 뻔했다. 그냥 식탁이 어질러진 사진에 엄마가 그런 이야기를 만들어 냈다고? 이런 일은 처음이었다.

"그런데 언제부터 보라색이 네 행운의 색이 된 거야?"

애너벨이 팔꿈치로 나를 툭 치며 물었다.

"그런 적 없어."

나는 속삭이며 말을 이었다.

"내가 가방을 뒤집어서 안에 있던 것들을 식탁 위에 쏟았어. 왜냐하면 우리가…."

잘하는 짓이다. 하나밖에 없는 단짝 친구에게 있었던 일을 제대로 말도 못 하다니. 정말이지 나는 우리가 아이디어가 궁하다는 말은 하고 싶지 않았다. 애너벨은 엄마와 내가 팀으로서 계획을 세워 두고 게시물을 올린다는 사실을 전혀 모른다. 애너벨이 집에 놀러 올 때면 나는 인스타그램 계획이 적힌 화이트보드를 숨겼다. 엄마가 우리 계획을 아무에게도 말하지 말라고 했기 때문이다. 그건 마술사의 비밀을 누설하는 것과 마찬가지라나.

나는 애너벨에게 이 모든 것을 다 털어놓으면 어떻게 될까 생각하곤 했다. 애너벨은 나에 관해 모르는 게 없다. 일종의 비-전문가인 셈이다.

뭔가 뾰족한 것이 내 등을 쿡 찔렀다. 뒤를 돌아봤다. 의자 아래에 보라색 색연필이 떨어져 있었다. 고개를 들자 에밀리가 있었다. 에밀리는 초등학교 때부터 '비의 연대기' 계정을 팔로우 하고 있다. 그건 나를 좋아해서가 아니고 비웃기 위해서다. 말하자면 에밀리에게는 '악플러'라는 말이 딱 어울린다. 문제는 에밀리의 못된 짓은 인스타그램에서 그치지 않는다는 점이다.

"오늘 아침엔 행운이 좀 필요해 보이네."

에밀리가 얄밉게 웃었다. 램 선생님이 휴대폰을 들여다보느라 바쁜 틈을 타서 에밀리의 무리 중 한 명이 나에게 보라색 색연필을 던졌다. 나는 내 색연필들을 모아 쥐고 그 애들을 향해 던졌다.

"진정해, 비. 오늘의 짜증 폭발은 한 번으로 족하잖아?"

에밀리가 머리카락을 어깨 뒤로 휙 넘기며 말했다.

"말 한번 잘한다, 에밀리."

핫산이 말했다. 핫산은 앵무새처럼 꽥꽥대면서 다른 사람 말을 곧잘 따라 한다.

나는 보라색 색연필을 책상 위로 이리저리 굴렸다. 월요일 아침이라 짜증 폭발한다고? 누가 들으면 내가 신경질쟁이인 줄 알 것이다. 버릇없는 애, 투덜이. 엄마가 올린 게시물을 이렇게까지 역겹게 느낀 적은 없었다. 주요 부위를 이모티콘으로 가린 발가벗은 아기 시절 사진을 포함해서 말이다.

"에밀리 말 신경 쓰지 마. 네 계정의 팔로워 수가 자기보다 훨씬 많으니까 질투하는 거야."

애너벨이 내 어깨를 감싸며 말했다.

"우리 엄마 계정이라고."

내가 웅얼댔다. 나만의 계정을 만들어야겠다는 생각은 해 본 적이 없다. 온라인에서의 비는 하나면 충분하니까.

#3_슬라임과 캘리그래피

램 선생님은 조별 과제를 줬다. 내가 속한 조는 선생님이 정해 놓은 소설을 읽어야 했다. 나는 매티와 같은 조였는데, 이건 그럭저럭 괜찮았다. 하지만 안타깝게도 핫산이 우리 조였다. 게다가 우리가 읽어야 할 소설은 지루하기 짝이 없었다. 그냥 각자 읽던 책을 읽으라고 하면 얼마나 좋을까. 나는 〈행성 스파이 작전〉 시리즈의 주인공 에이전트57에게 무슨 일이 벌어질지 궁금해 죽을 지경이었다. 요즘 나는 스파이물에 푹 빠져 있다. 인스타그램과 현실 사이에서 이중생활을 하는 내 모습과 비슷하다는 생각이 들어서다.

우리는 조용히 책을 읽어야만 했는데, 핫산이 자꾸 자기 채널에서 게임 생중계를 한다고 나에게 자랑을 해 댔다.

"내가 매일 밤, 2시간 동안 크래프트블라스터 게임 생방송을 하거든. 네가 '비의 연대기' 계정으로 접속해서 가끔 게임도 보고 응원도 하고 좀 그래 주라."

자신이 유명해지게 도와 달라는 아이는 핫산이 처음은 아니다. 마지막도 아닐 것이다. 나도 이제 익숙해졌다. 대부분은 내가 몇 번 거절하면 눈치채고 더 이상 부탁하지 않는다. 핫산은 멍청한 건지 그냥 짜증나는 스타일인지 가늠하기 어려웠다. 어쩌면 둘 다일지도 모른다.

"어휴, 그걸 보느니 캘리그래피 영상을 보겠다."

내가 말했다.

"치잇, 그런 걸로는 억만장자가 될 수 없다니까."

핫산이 대꾸했다. 나는 읽던 책을 내려놨다.

"게임 유튜버만 수백만 명인데, 네 채널은 무슨 특별한 점이라도 있다는 거야?"

"나는 예의를 지켜. 품격 있는 게이머라고. 매티랑은 차원이 다르지."

핫산이 매티를 가리키며 웃었다.

"나는 총 쏘는 게임 따윈 안 하거든. 그런 걸 하느니 애니메이션 보는데 '용폰'을 쓰는 편이 훨씬 낫지."

매티가 받아쳤다.

"용폰이 뭐야?"

내가 물었다.

"응, 우리 집 규칙인데 1용폰이면 휴대폰을 10분 동안 할 수 있어. 심부름하고 나서 받는 용돈이랑 비슷해."

엄마는 내가 휴대폰 하는 시간을 제한하지 않는다. 우리 집에서 휴대폰 사용 제한이 필요한 사람이 있다면 그건 엄마다.

"조용히 읽는 소리가 안 들리네."

램 선생님이 말했다.

"저게 말이 되는 소리야? 이러고 있으니까 꼭 방과 후에 남아서 벌 받는 것 같아."

핫산이 투덜대며 책으로 눈을 돌렸다.

지루했던 시간들이 지나고 마침내 모든 수업이 끝났다. 드디어 마음대로 할 수 있게 되었다. 나는 애너벨네 집에서 놀았다. 우리 집은 애너벨네 집과 10분 거리로 무척 가깝다. 그래서인지 애너벨네 집에 있어도 내 집 같이 편안했다. 애너벨도 나랑 같을 것이다. 엄마는 찬장에 항상 초코칩 쿠키를 넣어 둔다. 애너벨이 놀러 오면 언제든 먹을 수 있도록 준비해 둔 거다.

우리는 현관에 들어서자마자 가방을 벗어 던졌다. 애너벨이 나를 이끌고 부엌으로 갔다.

"슬라임 연구소에 방문할 시간입니다."

애너벨이 앞치마를 건네며 말했다. 나는 애너벨 연구소의 조교다. 애너벨이 욕실로 뛰어가더니 면도 크림과 바디로션을 들고 왔다.

"슬라임퀸98 유튜브 채널의 레시피를 공개합니다."

"멋지군요. 뭘 만들 건가요?"

"폭신폭신 슬라임이에요."

애너벨이 면도 크림이 담긴 깡통을 흔들었다.

"한번 맛보시길 권합니다."

"딸기를 곁들여 주면 생각해 볼게요."

내가 웃으며 말했다.

"휘핑크림이랑 너희 아빠 면도 크림을 바꿔치기할 수도 있겠는걸."

"그럼 아빠는 온종일 턱수염을 핥을지도 몰라."

애너벨이 웃음을 터뜨렸다. 내가 빈 그릇을 가져왔다. 우리는 함께 슬라임을 만들기 시작했다. 애너벨과 나는 4학년 때부터 슬라임을 만들었다. 애너벨은 슬라임 전문가다. 먼저 투명한 물풀 큰 것 한 통과 면도 크림을 그릇에 짜 넣었다.

"네가 좀 섞어 줄래? 무슨 색으로 하면 좋을까?"

애너벨이 주걱을 건네며 물었다.

"보라색만 아니면 다 좋아."

나는 물풀과 크림을 섞고 푹신한 구름같이 되도록 휘저었다.

"그럼 노랑으로 하자."

애너벨이 식용 색소 몇 방울을 그릇에 떨어뜨렸다.

나는 안에 든 것이 버터 팝콘 색이 날 때까지 열심히 저었다.

"이번 작품은 뭐라고 부를 거야?"

"팝코닉!"

애너벨이 영화를 보러 갔을 때처럼 팝콘 슬라임의 냄새를 맡았다. 그러더니 밝은 색의 공예용 보석 같은 것들을 슬라임에 넣었다.

"이건 엠앤엠 초콜릿이야."

"팝콘 슬라임에 엠앤엠을 넣는다고?"

웃음이 터졌다.

"응, 팝콘이 뜨거울 때 초콜릿을 넣으면 녹으면서 달콤한 향이 나는데 정말 끝내주거든. 슬라임에 그걸 표현하는 나만의 표식을 넣고 싶어."

애너벨이 손으로 슬라임을 움켜쥐며 말했다.

"이걸 동영상으로 찍어서 유튜브에 올려 봐."

내 말에 애너벨이 코를 찡긋했다.

"난 그런 거 잘 못하잖아. 우리 반 브렌다는 체조하는 영상을 올리고, 브라이언은 햄버거 챔피언인데, 난…."

나는 애너벨의 등을 토닥였다.

"햄버거 먹기에는 아무런 기술도 필요 없어. 게다가 브라이언은 대식가야. 하지만 넌 이렇게 창의적인 방법으로 슬라임을 만들고 있잖아."

애너벨이 그릇에 든 슬라임을 바라보다 고개를 저었다.

"아냐, 유튜브에는 슬라임 영상만 오조 오억 개가 있을 거야."

가끔 나는 애너벨이 얼마나 수줍음이 많은지 잊어버린다. 우리가 처음 어울릴 무렵, 애너벨은 거의 말을 하지 않았다. 애너벨은 눈에 띄는 걸 좋아하지 않는다. 우리 학교 1, 2학년 중에서 키가 가장 큰데도 말이다. 아니, 어쩌면 그래서 더 조심하는 것일지도 모른다.

"하지만 우리 학교 '슬라임 퀸 애너벨 머피'는 네가 처음이고 유일해. 넌 휴대폰 화면 너머에 있는 수많은 아이들에게 큰 영향을 줄 거야."

"하지만 찍으면서 뭘 말해야 할지 하나도 모르겠어."

"나랑 같이 있을 때는 이렇게 잘하잖아."

내 말에 애너벨의 얼굴이 밝아졌다.

"비, 그럼 내가 영상 찍을 때 같이 있어 줄 수 있어?"

나는 두 손으로 슬라임이 든 그릇을 꽉 잡았다. 마음 같아서는 그릇 속으로 뛰어들어 멀리멀리 헤엄쳐 도망가고 싶었다. 나는 누군가와 함께 온라인에 등장하는 걸 좋아하지 않는다. 브라이언도 끈질기게 부탁하다가 이제야 겨우 그만둔 상태였다.

하지만 애너벨은 다르다. 내 가장 소중한 친구니까.

"엄마가 허락하지 않을 거야. 그런 일에 엄청 까다로우시거든. 엄마의 철칙 가운데 하나라서…."

결국 변명을 하고 말았다.

"아, 그래. 알았어, 비."

애너벨의 어깨가 축 처졌다. 거짓말을 하고 싶지는 않았다. 하지만 사실대로 말해도 애너벨은 이해하지 못할 것이다.

"내가 없어도 넌 잘할 수 있어."

"응, 그럴 거야."

애너벨이 통을 꺼내서 들고 있던 슬라임을 넣었다. 슬라임은 아까처럼 폭신해 보이지 않았다. 영화관 좌석들 사이에 오래 놓아둔 팝콘처럼 볼품없는 모양이었다. 나는 애너벨이 물건을 정리하는 모습을 지켜봤다.

"도와줄까?"

"아냐, 괜찮아."

"가야겠다."

나는 시계를 보며 말했다.

"그래, 내일 봐."

애너벨이 중얼거렸다. 집으로 향하는데 애너벨의 마음을 상하게 했다는 생각에 기분이 씁쓸했다. 하지만 애너벨은 비-전문가니까 나의 마음을 알아줄 것이다. 애너벨이 내 생일을 축하하러 왔을 때도 엄마는 나와 케이크만 나오게 사진을 찍어서 인스타그램에 올렸다. '비의 연대기'에는 친구가 등장한 적이 한 번도 없다. 애너벨도 그 점을 불평하지 않았다.

나는 우울해하던 애너벨의 모습을 떨치기 힘들었다. 그냥 계속 우리 둘이서 함께 슬라임을 만들 수 있으면 좋겠다. 내일도 변함없이 친구면 좋겠다. 정신 줄 단단히 붙잡자. 애너벨은 세상에서 둘도 없는 친구야.

집에 온 나는 딴생각이 들지 않도록 캘리그래피 작품을 만드는 데 집중했다. 캘리그래피는 '도전하는 금요일'을 위해 떠올린 아이디어였다. 엄마는 금요일을 내가 새로운 일에 도전하는 요일로 정했다. 그래서 금요일마다 발레를 배우기도 하고 태권도장에서 수련을 하기도 했다. 결국 둘 다 내 적성에 맞지 않는다고 결론 내렸고, 세계 최초 '태권 발레리나'의 꿈은 포기했다. 이외에도 저글링을 연습하거나 루빅큐브를 풀기도 하고 루빅큐브로 저글링을 한 적도 있다.

그러던 어느 금요일, 엄마가 캘리그래피 키트를 선물했다. 나는 이날 처음으로 도전하는 금요일에 마음을 송두리째 빼앗겼다. 그 뒤로 책과 과제물에 멋진 캘리그래피로 직접 제목을 적어 넣기 시작했다. 이제 캘리그래피는 우리가 뭘 올려야 할지 몰라 쩔쩔맬 때 즉석에서 써먹을 수 있는 소재가 되었다. 반짝이 펜으로 내 기분을 나타내는 단어를 써서 올리는 식으로 말이다. 나는 반짝이 펜을 '요정 할머니 펜'이라고 부른다. 신데렐라에게 그랬듯이 어떤 글자든 멋진 글씨로 바꿔 주니까.

여섯 시가 되자 엄마가 일을 마치고 돌아왔다. 엄마는 세무사다. 요즘은 새로운 업무를 맡아서, 시내를 돌아다니면서 고객들을 만나 세금 문제를 상담하며 도움을 주고 있다. 엄마는 일을 좋아한다. 사람들을 직접 만나서 하는 일에 목이 마르기도 했고 엄마가 편한 시간에 일할 수있기 때문이다.

엄마가 방문을 두드렸다.

"딸, 뭐 하고 있어?"

엄마에게 내 캘리그래피를 보여 줬다. '톡톡 튀는 팝콘처럼!'이라는 글씨가 빨간 체리 색으로 소용돌이치고 있었다. 애너벨의 울적한 마음이 햇살처럼 밝아지길 바라는 마음을 담은 캘리그래피였다.

"엄마, 오늘 올린 사진 말이야. 왜 하필이면 보라색이었어? 나라면 빨간색이나 초록색을 골랐을 거야. 암만 봐도 모르겠더라. 고작 색연필 한 자루 때문에 내가 짜증이 폭발할 이유가 뭐였을까?"

엄마가 당황스러운 듯 얼굴을 찡그렸다.

"누가 댓글을 달았더라고. 그래서 생각해 낸 거야."

"하지만 사실이 아니잖아. 그건 내가 아니야."

나는 벽 쪽으로 펜을 휙 밀어 버렸다.

"미안해, 비. 드라마틱한 이야기가 좋겠다 싶어서 그랬어."

엄마가 내 침대에 앉았다.

"꼭 뭔가 덧붙일 필요는 없잖아. 사람들이 엄마 계정을 팔로우 하는 이유는 엄마가 그냥 평범한 엄마이기 때문이라고."

"평범하다라…."

엄마가 베개를 끌어안더니 턱을 괴었다. 표정이 씁쓸해 보였다. 오늘 나는 사람들을 실망하게 하는 쪽으로 운발이 받는 날인가 보다.

"그런 뜻으로 한 말은 아니었어."

"그런데 딸, 인스타그램에 올릴 소재가 바닥나면 어쩌지?"

"우린 팀이잖아. 기발한 생각이 떠오르도록 서로 자극을 주면 돼."

의자를 빙글 돌려 엄마를 바라봤다. 엄마가 내 어깨를 꽉 잡았다.

"고마워, 사랑하는 내 딸."

엄마가 일어서서 방을 나갔다. 나는 계속 의자에 앉아 빙글빙글 돌았다. 엄마는 팔로워가 10만 명을 넘어서자 좀 이상하게 행동하기 시작했다. 이 모든 것을 진지하게 받아들여야 한다는 식이었다. 그런데 진짜로 소재가 다 떨어지면 어떻게 될까? 엄마는 인스타그램을 그만둘까? 그런 물음이 머릿속을 비집고 들어와 뇌 한구석에 자리를 잡았다.

그래 봐야 세상이 무너지는 건 아니다.

#4_좋아요 만 개

　그 주는 실제든 꾸며 낸 이야기든 더 이상의 드라마틱한 상황 없이 조용히 흘러갔다. 애너벨과 나는 (다행스럽게도) 여전히 단짝이었고, 애너벨은 내가 자신의 유튜브 동영상 제작에 함께하길 거부한 적 없다는 듯 행동했다. 내 생각엔 애너벨을 위해서 쓴 톡톡 튀는 팝콘 캘리그래피도 한몫한 것 같았다. 애너벨은 아무 일도 없다는 듯 문제를 슬쩍 덮고 가는 데 선수다. 가끔 나는 이렇게 넘긴 일들이 알게 모르게 응어리져서 우리 사이를 삐걱거리게 하지는 않을까 걱정된다.

　이제는 겁이 나서 애너벨에게 유튜브를 할 거냐고 묻지도 못하겠다. 나는 그저 애너벨을 보호하고 싶었을 뿐이다. 내가 애너벨이 하는 유튜브에 출연하면, 보나 마나 에밀리와 그 패거리들이 온갖 악플을 달 거고 애너벨은 거기 맞서 싸울 것이 뻔하다.

　에밀리는 친구, 새 옷, 달리기 우승 등 온갖 것을 자랑하려고 끝도 없이 게시물을 올린다. 하지만 나는 거기에 일일이 댓글을 달면서 나 자신을 깎아내리는 짓 따위는 하지 않는다. 에밀리는 장거리 달리기 선수로, 초등학교 때는 크로스컨트리 경기에서 늘 1등을 했다. 그리고 언제나 그 사실을 모두에게 자랑했다. 중학생이 되었으니, 모르긴 몰라도 에밀리는 실제로 국토를 가로지르는 경기에 출전할 테고, 호주 반대쪽에서 경기를 마칠 것이다. 어쨌든 나는 에밀리를 무시하는 방법을 익혔지만 애너벨은 에밀리 때문에 상처 받을 가능성이 크다.

엄마는 토요일 아침에는 내가 실컷 잠을 자도록 놔둔다. 그러니까 불쑥 내 방에 들어와서 휴대폰 카메라를 내 얼굴에 들이밀지 않는다는 뜻이다. 나는 기지개를 켜고 침대 한쪽으로 내려뜨린 다리를 흔들었다. 그 자세로 휴대폰을 들고 게시물을 확인했다. 내 휴대폰 화면은 내 손바닥보다 크다. 인스타그램을 하는 엄마 덕에 경험하는 멋진 사실을 몇 가지 꼽자면, 일단 최신 휴대폰을 가질 수 있다는 점이 있겠다. 음, 거의 최신이라고 해야겠다. 엄마가 쓰던 휴대폰을 물려받는 거니까. 어쨌든 엄마는 반년마다 휴대폰을 바꾸기 때문에 물려받았다고 낡은 휴대폰을 상상하면 곤란하다. 엄마 말로는 카메라 성능이 나날이 좋아지기 때문에 그에 맞춰 휴대폰을 바꿔야 한단다.

싱글맘의 외동딸로 살면서 나는 다양한 혜택을 누리고 있다. 아주 어렸을 때, 나는 해바라기 무늬가 있는 원피스를 한 달 내내 입고 지낸 적이 있다. 또 언젠가는 빨간색 음식만 먹겠다고 고집을 부린 적도 있다.

33

예컨대 라즈베리나 빨간색 초코볼을 빨간 접시에 놓고 토마토 소스를 뿌려 먹는 식이었다. 그 당시 엄마는 까다로운 조건에도 솜씨를 발휘해서 맛 좋은 빨간 음식들을 만들어 냈다. 그러고는 그 음식들을 모두 인스타그램에 올려서 '좋아요'를 수백만 개씩 받아 냈다.

엄마는 좀 여유를 가질 필요가 있다. 뭔가 올려야 한다며 너무 스트레스를 받지 않았으면 좋겠다. 그냥 자연스럽게 일이 벌어지는 대로 올려도 될 텐데.

나는 침대에서 일어나 보관함에서 애너벨과 함께 만든 팝콘 슬라임을 꺼냈다. 책상 옆에 놔둔 나무 상자가 바로 나의 특별한 보관함이다. 이곳에는 내가 오프라인 전용으로만 간직하고 싶은 것, 그러니까 '비의 연대기'에 공개하고 싶지 않은 것들을 선택해서 넣어 두기로 엄마와 단단히 약속했다. 그러니까 누구에게도 알릴 필요 없는 나만의 비밀 상자인 셈이다. 보관함 안에는 내가 좋아하는 캘리그래피 작품들도 들었는데 그중에는 처음 도전했다 망한 것들도 있다. 일급 비밀인 자작 시와 단편 동화 습작들도 넣어 두었다.

애너벨도 보관함 소속이다. 나는 엄마에게 내 친구에 관한 것은 인스타그램에 올리지 말아 달라고 당부했다. 실제로 친구가 많은 편도 아니지만 말이다.

보관함 뚜껑을 닫고 아침을 먹기 위해 방을 나섰다. 바나나 마시멜로 팬케이크 냄새가 콧구멍을 가득 메웠다. 팬케이크 향수가 나오면 바로 사서 온 집 안에 뿌릴 텐데.

내가 주말을 좋아하는 이유 중 하나는 바로 '느끼한 토요일' 때문이다. 느끼한 토요일은 엄마의 아이디어로, 온갖 달고 기름진 음식 사진을 올리기로 한 날이다. 놀랍게도 사진을 올리는 족족 수많은 '좋아요'를 얻고 있다. 나는 부엌으로 달려가 식탁 의자에 앉았다.

"이는 닦았니?"

엄마가 말했다.

"어우, 왜 이래 엄마. 민트 향 팬케이크는 먹기 싫어. 애너벨도 아침을 먹고 나서 이 닦는다고 했단 말이야."

"네가 잠든 사이에 네 입은 온 세상을 여행한단다. 터키에 가서 케밥도 먹고 베트남에 가서 쌀국수도 먹고…."

나는 앓는 소리를 내며 욕실로 향했다. 엄마의 잔소리를 또 듣고 싶진 않았다. 무엇보다 저 세계 음식 여행 레퍼토리는 벌써 몇백 번은 들었다. 부엌으로 돌아와 아침 식사를 향한 열망을 담아 반짝이는 이를 엄마에게 보여 줬다.

"엄마, 이런 음식 진짜 오랜만에 만들었네."

나는 입술을 핥았다.

"정확히 여덟 달 만이지. 이걸 인스타그램에 올릴 거야. 이대로 말고 좀 다른 걸 더하면 좋겠는데, 좋은 아이디어 없어?"

"글쎄… 치약을 바르면 어떨까?"

내가 어깨를 으쓱하며 말했다.

"아이구, 이 녀석이! 흐음, 자두를 좀 얹어 볼까?"

"아니면 자두 맛 젤리도 좋겠다. 아침에 젤리를 먹은 게 언제였는지 기억도 안 나."

"그건 네가 여섯 살 되던 생일날이었을 거야."

엄마가 '비의 연대기' 사진을 빠르게 훑어보며 말했다. 그러고는 팬케이크 몇 장을 내 접시 위에 올려 줬다.

"그때는 내가 널 젤리 벨리라고 불렀지."

"와! 엄마, 그 계정 진짜 내 인생의 연대기 맞네."

나는 꿀을 찾아 찬장을 살피며 말을 이었다.

"내가 기억상실증에 걸리면 인스타그램을 보여 주면서 기억을 되살리면 되겠어."

나는 찬장에서 젤리빈을 꺼냈다.

"이건 어때?"

"안 될 게 뭐야? 느끼한 토요일이잖아."

엄마가 팬케이크 위에 젤리빈을 얹었다. 음식을 먹음직스럽게 담는 일에는 엄마를 따라잡을 사람이 없다. 이게 다 〈마스터셰프〉 방송을 열심히 시청한 덕분이다. 음식 멋지게 담기 대회가 있다면 세계 챔피언은 보나 마나 엄마 차지다. 엄마가 휴대폰을 들었다.

"네가 한입 베어 먹는 모습을 찍을게."

"맛있으면 좋겠다."

포크로 음식을 찌르려는 자세를 취하고서 내가 계속 말했다.

"음, 맛이 없을 거라는 말은 하지 말아 줘. 근데 정말 그러면 어쩌지?"

"괜찮아. 한입 먹어 봐, 비."

나는 팬케이크를 열심히 먹기 시작했다. 엄마가 연신 사진을 찍어 댔다. 다 먹을 때 즈음 엄마는 마음에 드는 사진을 골라 나에게 보여 줬다.

"이 사진 어때?"

"괜찮네, '좋아요' 5천 개 정도는 받겠어. 더 받을 수도 있고."

내 말에 엄마가 얼굴을 찌푸렸다.

"그럼 안돼. '좋아요' 만 개 이하는 평균에도 못 미쳐. 다른 걸 골라야 할까 봐."

엄마가 한숨을 쉬었다.

"엄마, 진짜 괜찮을 거야. 이 팬케이크는 혀가 녹을 정도로 맛있어. 시간을 돌려서 다시 먹고 싶을 정도인걸."

내가 엄마 손을 살짝 만지며 말했다.

"고맙다, 비."

엄마가 게시물을 올렸다. 나는 씻기 위해 욕실로 향했다. 예전에는 '좋아요'를 천 개만 받아도 좋아서 폴짝폴짝 뛰던 엄마였다. 그냥 자신을 믿기만 하면 될 텐데. 예전처럼 말이다.

달콤한 아침을 먹고 엄마와 함께 장을 보고 왔더니 현관 앞 계단에 택배 상자가 놓여 있었다.

"어머나, 드디어 도착했네."

"이게 뭐야?"

상자를 들고 집 안으로 들어왔다. 엄마가 사 온 물건을 급히 의자에 내려놓더니 말했다.

"열어 봐, 뭐가 들었나 보자."

엄마가 휴대폰을 들더니 동영상을 찍기 시작했다. 나는 포장 테이프를 뜯고 상자를 열었다. 그 안에는 색색의 마커 펜과 색연필, 사인펜이

들어 있었다. 생일이나 크리스마스가 빨리 온 기분이었다. 금빛으로 빛나는 필통을 집어 드는데 손이 덜덜 떨렸다.

"와, 이거 타이포 제품이잖아. 우리 반 애들 절반이 이 회사 문구를 쓰는데!"

"아직 출시도 안 된 신상들이래. 문구점에서도 한 달 뒤에나 볼 수 있을걸."

엄마가 슬며시 웃었다. 나도 모르게 작게 소리를 질렀다.

"이걸 어떻게 구한 거야?"

"내가 타이포 제품에 관심 있다고 메일을 보냈더니 타이포가 우리를 후원하기로 했어."

"응? 그게 무슨 뜻이야?"

들고 있던 필통이 상자 안으로 떨어졌다.

"그냥 그 회사 제품을 사용하는 사진 몇 장만 올리면 돼."

엄마가 대수롭지 않다는 듯 말하고는 코를 킁킁대며 마커 펜 냄새를 맡았다.

"팔로워 수가 많은 인스타그램 스타들은 여러 가지 제품을 협찬 받는 일이 흔하다잖아. 뭐, 핸드백이나 장신구나 게임 같은 것들 말이야."

"어, 알아. 하지만… 우린 그냥 소소한 일상이나 올리는 계정이잖아."

"머지않아 거물 계정이 될걸!"

엄마 말에 나는 웃으며 대답했다.

"효과가 있을지 모르겠지만 해 봅시다."

"이런 기회를 최대한 활용할 필요가 있지."

엄마가 두 팔을 벌려 안아 달라는 시늉을 했다.

엄마 말이 맞을지도 모른다. 에밀리는 이런 기회를 얻는다면 이성을 잃고 말 거다. 새로 생긴 내 필통을 보고 에밀리 표정이 어떻게 바뀌는지 지켜보는 일이야말로 협찬의 가치를 제대로 느낄 기회다.

마커 펜과 색연필을 모아 들고 방으로 갔다. 얼른 써 보고 싶어서 견딜 수 없었다. 내 생일 파티 초대장에 사용하면 안성맞춤일 듯했다. 생일이라고 화려한 파티를 열 계획은 아니었다. 그냥 집으로 친구 몇 명만 초대해서 맛있는 음식들을 먹으려고 한다. 요리를 좋아하는 엄마가 솜씨를 발휘할 절호의 기회이다. 엄마도 좋고 나도 좋은 윈윈 전략이다.

새 마커 펜과 색연필을 침대 위에 쭉 늘어놨다. 너무나도 신이 난 나머지 손끝이 간질거렸다. 엄마 말이 맞았다. 인스타그램 팀으로서 공짜 물건 조금 받는다고 잘못될 건 없다. 무엇보다 이렇게 마음에 쏙 드는 물건이라면 말이다.

#5_협찬

월요일 아침, 영어 수업을 들으러 교실에 들어섰다. 가방 안에서 새 필기구들이 튀어나올 준비를 하고 있었다.

"그래, 금색 필통은 가져왔어?"

에밀리가 내 옆을 지나치며 말했다.

"뭐?"

나는 가방을 고리에 걸며 말했다.

"네가 그걸 어떻게…."

"네 인스타그램, 나 참!"

어제 엄마가 사진을 올렸다는 사실을 까맣게 잊고 있었다. 엄마는 후원 업체가 제품을 지원해 줬다고 명확히 밝혔다. 게시물에 타이포 인스타그램 계정을 태그하자 한 시간 만에 팔로워가 천 명가량 늘었다. 에밀리가 손톱을 잘근잘근 물어뜯으며 말했다.

"그러니까 대단한 비님께서 완판 신화를 기록하신다 이거네."

"난 아무것도 팔지 않아."

게다가 사용하던 필기도구를 누가 산다는 말인가. 나는 주말 내내 타이포 제품을 사용해 캘리그래피 작품을 만들었다.

"아닌 척하지 마. 너는 걸어 다니는 광고판이라고."

"그래서 뭐? 내가 네 꿈이라도 훔쳤다는 거야? 너는 인스타그램에 공짜로 받은 물건들을 자랑하고 싶은 모양이지?"

나는 에밀리를 위아래로 노려봤다.

"맞아. 하지만 난 적어도 눈앞에 떡하니 차려진 밥상까지 마다하면서 고고한 척하지 않아. 굳이 실생활에서 인스타그램에서의 모습과 다르게 살려고 하는 고집 센 누구랑은 다르지."

"어떻게 내가 그럴 수 있겠어? 내 인생은 벌써 거기에 통째로 다 올라가 있…"

에밀리가 손바닥을 들어 보이며 내 말을 막았다. 그러더니 자기 친구들이 있는 곳으로 성큼성큼 걸어가 버렸다.

에밀리는 대체 어느 별에서 온 걸까? 나는 휴대폰도 안 보는 옛날 사람이 아니다. 내게는 휴대폰이 있고 그걸로 유튜브도 본다. 닌텐도 스위치로 게임도 한다. 엄마는 '비의 연대기' 계정을 나랑 같이 운영하고, 나는 그 계정으로 접속해서 브렌다나 버거 브라이언 계정을 살펴보기도 한다. 나는 그저 다른 사람의 게시물에 '좋아요'를 누르거나 댓글을 달지 않을 뿐이다. 나는 직접 얼굴을 보면서 이야기하는 편이 좋다. 예컨대 브라이언에게 햄버거가 맛없어 보인다고 직접 말해 주는 식이다. 아니면 핫산에게 너는 게임에 너무 집착한다고 알려 주거나. 에밀리도 '비의 연대기를 팔로우 하고 있지만, 그 애는 나에 대해 하나도 모른다.

나는 애너벨에게 타이포에서 받은 필기구를 보여 줬다.

"와, 이 형광 젤리 펜은 진짜 끝내준다."

"그치, 불을 끄면 야광으로 빛나는 것도 있어."

"그럼 너 타이포 직원이 된 거야?"

애너벨의 말에 나는 빵 터져서 배꼽이 빠져라 웃었다.

"그랬으면 좋겠다. 엄마가 그러는데 타이포에서 게시물에 사용할 제품을 더 보낼 거래."

"먼저 네 마음에 들어야 올리는 거 아니야?"

"당연히 그렇지."

나는 손바닥을 연필들 위에 얹고 앞뒤로 굴렸다. 브라이언이 우리 책상으로 왔다.

"펜 하나만 빌려 줄래?"

나는 몸을 돌려 브라이언의 필통을 봤다. 커다랗고 화려한 햄버거 모양의 필통이었다.

"저 거대한 햄버거 속에 펜이 하나도 없다는 거야?"

"저 안에는 햄버거 포장지만 있어. 햄버거 먹방 인증용으로 모으고 있거든. 그건 그렇고, 네 펜을 빌려서 쓰면 왠지 미래에 있는 것 같아."

브라이언이 펜 끄트머리에서 불빛이 나오는 파란 볼펜을 집어 들었다.

"잠깐 써도 되지?"

"그래, 가져가."

내가 웃으며 대꾸했다.

"햄버거 가게에 후원 좀 해 달라고 그렇게 부탁을 하는데 매번 거절하더라고. 가게 주인 눈에는 내가 그냥 배고프고 건방진 애로 보이나 봐."

브라이언이 말했다.

"틀린 말은 아니잖아. 적어도 배고프다는 부분은 말이야."

"팔로워가 백만 명이 넘으면 내가 달리 보일 거야. 지금은 그냥 핫산의 하이퍼게이머 계정 팔로워 수보다 많기만 해도 좋겠어."

브라이언이 펜에서 나오는 불빛에 홀린 얼굴을 하고서 자기 자리로 돌아갔다.

"나는 저 펜을 쓰면 안 되겠다. 정신이 산만해질 거야."

브라이언을 보며 애너벨이 말했다.

"브라이언은 그냥 애 자체가 너무 산만해. 핫산이나 다른 친구들이 하는 일에 지나치게 관심이 많잖아. 그건 그렇고, 내가 완판 신화를 기록한다는 에밀리 말은 내가 이런 멋진 물건을 그냥 공짜로 얻었다고 비난하는 걸까?"

애너벨에게 에밀리가 했던 말을 전하며 물었다.

"애들은 모두 너처럼 인스타그램 스타가 되고 싶어 해."

애너벨이 필통을 열었다. 필통 안쪽에 포스트잇이 붙어 있었다.

"그게 뭐야?"

"아, 엄마 아빠의 메모야."

네 모습 그대로 반짝반짝 빛나렴. 사랑하는 아빠가.

애너벨이 별 모양 포스트잇을 나에게 보여 줬다.

"느끼하지?"

"응, 그래도 사랑이 가득 느껴진다. 넌 정말 운이 좋은 거야. 이런 걸 써 주는 아빠가 있잖아."

애너벨이 나를 꼭 안아 줬다. 나는 어색한 순간에서 벗어나기 위해 교실을 둘러봤다. 나도 모르게 달력으로 눈길이 갔다.

"참, 잊지 마. 8월 첫 주 토요일! 꼭 비워 놔야 해."

내 말을 들은 애너벨이 손뼉을 쳤다.

"이미 싹 다 비워 놨지. 세상에서 제일 소중한 내 친구 비의 생일을 어떻게 잊겠어. 내게 중요한 날 다섯 손가락 안에 들어 있는걸."

애너벨이 아빠에 관한 주제를 살포시 넘어가 주어 안도했다. 나는 의자에 등을 기대고 물었다.

"그중에서 내 생일은 어디쯤인 거야?"

"크리스마스랑 내 생일 중간에 샌드위치처럼 끼어 있지."

"위치도 절묘한걸. 만약 네가 없으면 파티도 재미없을 거야. 우린 세 살 때부터 생일을 함께 보냈잖아."

애너벨은 생일날의 케이크만큼이나 중요한 존재다. 달콤함으로 따져도 애너벨은 케이크랑 막상막하다. 그건 다 애너벨 부모님 덕분이다. 애너벨 부모님의 인스타그램에는 달달한 명언이 넘쳐난다. 나는 애너벨네 가족이 서로 느끼한 말이나 행동을 주고받는 모습을 좋아한다. 애너벨이 늘 행복한 것도 다 그 덕분일 거다. 애너벨은 완벽하다. 엄마랑 아빠가 모두 있으니까.

###

 타이포 제품은 시작일 뿐이었다. 그 뒤로도 몇 주에 걸쳐서 우리는 하루건너 한 번꼴로 택배를 받았다. 다른 회사의 문구와 마커 펜들도 받았고 책, 제빵 도구와 새로 출시된 간식류도 받았다. 엄마는 받은 것을 전부 인스타그램에 올렸다. 우리 계정의 팔로워 수는 점점 늘었다. '좋아요' 수도 늘어났다. '비의 연대기' 팀은 일상으로 돌아왔다.

 다시 느끼한 토요일이 돌아왔다. 엄마는 부드럽고 꾸덕꾸덕한 비트 초코 브라우니를 만들어 주기로 약속했었다. 사실 이름과 달리 비트 맛은 거의 나지 않는다. 엄마는 브라우니 속에 비트를 비롯해 온갖 채소를 다 넣을 것이 분명했다. 하지만 아직 엄마는 '소파 몸' 상태다. 나도 안다. '소파와 한 몸이 되었다'고 말해야 맞다는 것을. 하지만 엄마는 여섯 살 때 내가 한 말을 바로잡아 주지 않았다. 그래서 나는 지금까지 소파 몸이 되었다고 말한다.

 회색 잠옷을 입고 있는 엄마는 마치 거대한 나방처럼 보였다. 엄마는 손에 풀이라도 바른 듯 휴대폰과 태블릿을 딱 붙잡고서 인스타그램을 연구하는 중이었다. 나는 그걸 스토킹이라고 부른다. 실제로 그게 뭐든 간에, 엄마가 하는 것은 경쟁이다.

 "난 병뚜껑 조 계정만 보면 속이 확 뒤집히더라. 하는 일이라고는 병뚜껑 사진을 올리는 것뿐인데, 사진만 올렸다 하면 '좋아요' 10만 개는 너끈히 넘기잖아."

 나는 어깨를 으쓱했다. 그게 바로 인스타그램 마법이다. 그곳에서는 누구든 스타가 될 수 있다. 말 그대로 누구든, 무엇으로든 가능하다. 커들리라는 이름의 곰 인형 계정은 팔로워 수가 백만 명이 넘는다.

"참참맘이 올린 게시물 좀 봐. 아이들이 뉴욕 센트럴 파크에서 자전거를 타는 사진만 달랑 올렸어. 특별할 것 하나 없는 사진을 말이야. 맙소사! 이런 사진이 '좋아요'를 25만 개나 받았네."

엄마가 휴대폰을 배 위에 내려놨다.

"이게 다 장소발이야. 내가 잠옷 차림으로 타지마할에 가서 사진을 찍어 올려도 '좋아요' 수백만 개는 받겠어."

"그럼 왜 이러고 있어? 당장 여행을 떠나자!"

나는 의자에서 벌떡 일어나 두 팔을 쫙 펼쳤다.

내 목표는 뉴욕이 아니라, 바로 옆의 치핑 노턴 호수다. 엄마의 뇌에는 바깥 공기가 필요하다. 솔직히 엄마가 TV 중독에 빠지지 않았다는 사실이 놀라울 따름이다. 새로 시작한 일 덕분에 집 밖에 머무는 시간이 늘었지만, 그것만으로는 부족하다.

"딸, 그렇다고 여행 인스타그램 계정이랑 경쟁할 수는 없어. 게다가 나는 집순이거든."

그 말을 증명이라도 하듯, 엄마가 리모컨을 집어 들더니 영화 목록을 검색했다.

"몰아서 보고 싶은 프로그램 있어?"

엄마가 물었다. 난 이미 닌텐도 스위치의 스플래툰 게임을 몇 번 하고 난 터라 눈이 핑핑 돌았다. 하지만 엄마에게 맞춰 주고 싶었다.

"좀비 나오는 영화 정주행하는 거 어때, 엄마?"

"으어, 싫어. 그랬다가는 악몽을 꿀 거야. 디즈니 영화는 어때?"

엄마가 두 팔을 앞으로 뻗어 좀비 흉내를 냈다.

"그럼 내가 악몽을 꿀 텐데. 게다가 〈알라딘〉이나 〈라이온 킹〉은 너무 많이 봐서 대사도 줄줄 외울 정도라고."

"오호, 잘 됐다. 네가 연기하는 영상을 찍는 건 어때?"

"그 영상은 찍자마자 바로 보관함 행이야. 대신 내가 디즈니 영화 주제 가를 부르는 엄마를 찍으면 되겠다. 엄마는 디즈니 영화에 나오는 노래 가사를 다 외웠잖아."

엄마는 디즈니 영화를 정말 좋아한다. 기억에 남는 노래가 나오는 영화는 특히 그렇다. 엄마는 수백 개가 넘는 영화 주제곡을 엄마만의 방식으로 부를 줄 안다.

"아, 그 영상도 바로 보관함으로 가게 될 거야."

엄마가 말했다.

"일하러 가는 차 안에서 노래 불러도 되잖아. 이미 부르고 있겠지만. 거기에 엄마만의 감성을 더하면 돼."

"난 노래방에서 반주에 맞춰 부르는 게 좋더라."

"노래방 반주는 노래 못 부르는 사람용이지. 엄마는 그런 반주 필요 없어."

"엄마가 어렸을 땐 매주 노래방에 갔었지…."

"또 가면 되지. 친구들 불러서 마음껏 노래해."

"싫어, 이제 내 친구들은 노래방 별로 안 좋아해."

"그럼, 같이 영화 보러 가는 건 어때."

"걔들은 영화도 안 좋아해."

엄마 말에 나는 인상을 썼다.

"저녁이라도 같이 먹자고 하면 어때? 엄마 친구들도 로봇이 아닌 다음에야 먹고 마시는 일은 할 거 아니야?"

인스타그램에 빠진 엄마들의 문제는 바로 이거다. 이분들은 팔로워들이 친구 대신이라고 생각한다.

"나는 너랑 시간을 보내는 편이 더 좋아."

엄마가 리모컨을 내려놓으며 말했다. 나는 엄마 어깨에 머리를 기댔다. 엄마는 SF코미디를 골랐다. 엄마와 나는 닮은 구석이 많다. 우리는 둘 다 친구가 많지 않다. 혹시 그래서 엄마가 자신에 관한 게시물을 올리지 않는 걸까?

오후에는 엄마를 도와 비트 초코 브라우니를 구웠다. 내게 있어 최고의 인스타그램 게시물은 바로 먹을 것이다. 엄마는 나에게 온갖 잡다한 일을 맡겼다. 저녁 식사로 먹을 맛있는 통닭을 요리하는 데 집중하기 위해서였다.

나는 구운 통닭에서 다리 한쪽을 잘라 냈다.

"우아, 엄마, 이 통닭 입에서 살살 녹는다."

"새로 산 넓은 볼 덕분이야. 닭고기에 갖가지 향이 잘 배게 하거든."

"어디 나 모르게 카메라라도 숨겨 뒀어? 그렇게 말하니까 꼭 광고 찍는 것 같아."

엄마가 웃었다.

"이 일이 내 본업이라고 생각하면 그렇게 된단다."

"지금이라도 요리사에 도전해 봐. 일 마치고 요리 수업을 들으면 되잖아, 엄마."

나는 채소를 가득 집어서 내 접시에 덜었다.

"아직도 날 집 밖으로 내보내려고 애쓰는 중이니?"

"진심이야. 엄마 요리 솜씨는 정말 끝내준다고."

"난 '비의 연대기'를 내 본업으로 생각한다는 뜻이었어. 인스타그램을 하는 다른 엄마들처럼 말이야."

"난 엄마가 세무사 일을 좋아하는 줄 알았는데."

"온 세상 역사를 통틀어도 그런 사람은 없을걸."

엄마가 포크를 공중에 흔들었다. 나는 브로콜리를 꼭꼭 씹으면서 생각했다. 그럼 이 모든 것이 엄마의 계획이었다는 말인가? 엄마가 블로그를 운영할 때 그곳에 올라온 글을 몇 개 읽어 본 적 있다. 어린 시절의 나에 관한 글이었는데 정말 웃겼다. 하지만 엄마가 나를 일로 생각하는 건 정말 싫다.

저녁 식사를 마친 뒤, 엄마가 택배 상자를 하나 가지고 왔다.

"주말을 위해 아껴 뒀지."

상자에는 분홍색 도트 무늬가 가득 찍혀 있었다.

"엄마 앞치마 아니야?"

상자를 열어 분홍색 치마와 몸에 딱 붙는 보라색 상의를 꺼내 상표를 확인했다.

"스텔라? 처음 듣는 이름인데."

나는 어깨 부분에 프릴이 달린 상의와 검은색 랩이 달린 치마바지를

49

마저 꺼냈다. 에밀리나 입을 것 같은 옷들이었다. 그 생각을 하자 인스타그램 거부 반응이 훅 올라왔다. 나는 옷을 옆으로 밀어냈다.

"엄마, 미안. 이건 내 스타일이 아니야."

"다음 주 사복의 날에 입어야 하는 옷인걸."

"절대 안 돼. '좋아요' 백만 개를 준대도 싫어."

"비!"

엄마 목소리가 날카롭게 올라가면서 내 귀를 찔렀다.

"네가 학교에 입고 가기로 회사 측이랑 약속했어."

"그럼 약속 못 지킨다고 말해. 엄마도 알잖아. 나는 티셔츠랑 청바지가 좋아. 고양이가 피아노 치는 그림이 그려진 티셔츠를 입을 거야."

"지금은 뭔가 새로운 걸 시도해야 할 때야."

"사복의 날은 '도전하는 금요일'이 아니야."

나는 물러서지 않았다.

"미안해 엄마. 사복을 입고 학교에 가야 한다는 사실만으로도 난 정말 걱정돼. 더군다나 이 옷들은 정말 최악이잖아."

엄마는 한쪽 무릎을 꿇고 간절히 부탁하는 자세를 취하더니 두 손을 모으고 애교 넘치는 눈빛을 발사했다.

"날 봐서라도 입어 주라. 제발, 응?"

가슴이 답답했다.

"우리 마음에 안 드는 제품은 돌려보내면 안 돼? 그렇게 하면 해결되잖아, 응?"

"팔로워가 14만 명이 다 됐어. 8월 네 생일까지 15만 명을 넘기는 게

목표고."

엄마는 손목을 이리저리 비틀며 말했다. 나는 분홍색 치마를 손에 든 채로 그 옷을 입은 내 모습을 상상해 봤다.

"모르겠어. 나는 있는 그대로의 모습으로 살아야 한다고 생각해."

"이걸 입어도 그럴 수 있어 비. 그냥 예쁜 새 옷을 입는 거야. 패션에 관심 있는 사람들이 우리 계정을 보러 온다고 생각해 봐. 내 말 이해하지?"

그 생각은 나도 했다. 이렇게 그냥 내 생각만 고집하면서 다른 사람들 의견은 신경 쓰지 않아도 괜찮은 걸까?

"알았어. 이번만이야. 다음엔 완전 발랄하고 재미있는 티셔츠 만드는 회사를 섭외해야 해, 알지?"

"꼭 찾아볼게."

엄마가 내 머리를 쓰다듬었다.

나는 살아 있는 인형 취급 받는 것이 정말 싫다. 우리는 팀이라고 했지만 결정권은 엄마에게 있다.

#6_스텔라

사복의 날은 교복을 입지 않으니 편한 날이어야 마땅하건만. 하지만 오늘은 아니다. 나는 스텔라 상의와 치마를 입은 다음, 내가 좋아하는 구제 스니커즈를 집어 들었다.

"그 신발은 새 옷이랑 어울리지 않아."

엄마가 기겁했다.

"그래서? 설마 스텔라에서 새 신발도 보내 줬어?"

엄마가 고개를 흔들며 검은색 구두를 꺼내 줬다.

"대신 이걸 신어."

잘 됐다. 이로써 결혼식 하객 패션이 완성되었네. 나는 가방을 그러쥐고 쫓기듯 애너벨네 집으로 갔다. 왜 쫓기듯 가는지 나 자신도 이해가 안 됐지만, 이 옷차림은 정말이지 이상한 기분이 들게 했다.

내 옷차림은 애너벨도 이상한 행동을 하게 만들었다. 애너벨이 이렇게 충격 받은 모습은 난생처음 봤다. 내가 우연히 애너벨의 슬라임 보관 통을 내리쳐 바퀴벌레를 잡았을 때를 포함해서 말이다.

"너 3학년 언니 같아 보여."

나는 검은색 구두를 내려다봤다.

"으음, 그래도 하이힐을 신지는 않았잖아."

"정말 멋져 보인다는 뜻으로 한 말이야."

"고마워. 네 옷도 정말 예뻐."

나는 애너벨 옆에 붙어 섰다. 애너벨의 얼굴이 빨갛게 달아올랐다. 애너벨은 주로 아무 무늬 없는 옷을 입는다. 로고나 단어조차도 없다. 벽에 붙어 서면 보호색처럼 눈에 띄지 않는다. 나는 그걸 애너벨의 초능력이라고 불렀다. 오늘은 그 초능력 때문에 내 옷이 더 걱정됐다.

학교에 도착했다. 교문에서 래리가 우리를 맞았다.

"우아, 너 영화배우 같다."

오늘은 래리의 말이 농담처럼 들리지 않았다.

교문을 들어서는데 마치 명품 옷을 걸친 사람들로 가득 찬 백화점에 입장하는 느낌이었다. 사복의 날은 초등학교 때도 아이들 사이에서 화젯거리였지만 중학교에서는 그야말로 패션쇼장을 방불케 했다.

산들바람이 맨다리를 간질였다. 추워서 소름이 돋았다. 늘 입는 청바지가 그리웠다. 모두가 날 쳐다보고 있다. 지금쯤이면 익숙해질 때도 되었건만, 오늘은 유독 힘들다.

"우아, 비…."

브라이언이 나를 보더니 패티 5개가 든 몬스터 버거를 베어 물 준비라도 하려는 듯 입을 떡 벌렸다.

"우아 뭐?"

뺨이 불 켜진 전구처럼 화끈거렸다. 제발 멋져 보인다는 말은 하지 않길 바랐다.

"너 진짜… 달라 보인다."

브라이언이 웅얼거렸다.

반쯤은 마음이 놓였다. 남은 반은 여러 가지 이유로 분노가 들끓었다. 이 두 마음은 하나의 의견에 동의했다. 오늘의 당황스러움은 여기서 끝나야 한다는 것.

"안녕, 비."

갑자기 엄마가 휴대폰을 흔들면서 나타났다.

"네 사진을 찍어야 해서."

맙소사, 최고다. 오늘 최고로 당황스러운 상황이 눈앞에 펼쳐졌다. 고마워, 엄마. 초등학교 시절 내가 깜빡한 점심 도시락을 가져다주러 학교에 올 때마다 엄마는 인스타그램에 올릴 사진을 찍었다. 그때의 상황도 더없이 나빴지만 여긴 중학교다. 대부분의 아이들이 훌쩍 자라서 엄마 키를 넘어섰다. 처음엔 엄마가 누구인지 아무도 눈치채지 못했다. 하지만 이내 다들 알아봤고, 소문은 마른 숲에 불이 번지듯 퍼져 나가더니 순식간에 인스타그램을 하는 아이들이 몰려들었다.

브라이언이 다가오더니 엄마에게 악수를 청했다.

"안녕하세요, 어머니."

"안녕, 버거 브라이언. 앞으로도 버거그램 활동 잘하렴."

"감사합니다. 저도 따님의 광팬이에요."

"뭐라고 했니?"

엄마가 브라이언을 쏘아봤다.

"어, 제 말은… 비를 좋아한다고요. 어어, 그 '비의 연대기' 말이에요."

브라이언이 간신히 말을 마쳤다. 햄버거가 간절히 필요한 순간이었다. 브라이언의 입을 막아 버리기 위해서 말이다. 나는 엄마를 이끌고 브라이언에게서 멀리 떨어진 곳으로 갔다.

"메시지 보내지 그랬어, 엄마. 사진은 애너벨이 찍어 줘도 되는데."

"번거로운 일도 아닌데 뭘. 오늘은 일을 좀 늦게 시작해도 되는 날이거든. 그냥 사진만 찍고 갈게."

엄마가 돌아갈 때 나도 데리고 갔으면 좋겠다. 속이 울렁거렸다.

엄마가 손을 들어 올려 눈 위로 그늘을 만들었다.

"여긴 너무 밝다. 다른 곳으로 갈까?"

"다른 학교라도 갈까? 왜 이래, 엄마. 무슨 화보 찍는 것도 아니고."

"안녕, 애너벨. 비 가방 좀 들어 주겠니?"

엄마 말에 애너벨이 내 가방을 들었다. 나는 재빨리 엄마 옆으로 다가섰다. 엄마가 이곳에 머무는 1초가 마치 한 시간처럼 느껴졌다.

"좋아. 저쪽으로 서. 내가 운동장을 등지고 서면 돼."

"엄마, 서두르지 않으면 네가 여기서 중학교 1학년의 절반을 보내게 될 거야."

주위를 둘러봤다. 이미 늦었다. 핫산이 남학생 몇 명을 데리고 우리 뒤편에서 누가 가장 춤을 못 추나 대결을 벌이고 있었다.

"야호, 나도 '비의 연대기'에 출연한다!"

핫산이 외쳤다.

에밀리는 멀찍이 떨어져 서 있었다. 하지만 에밀리의 눈에서 나오는 레이저 불빛이 내 이마에 꽂히는 느낌이었다.

나는 깊이 숨을 들이쉬고 주변 사람을 잊으려 애쓰며 엄마의 휴대폰을 향해 웃었다. 지금 나를 두르고 있는 것은 모두 가짜다. 치마에서부터 웃음까지 전부.

엄마가 사진을 몇 장 찍고 나서 나에게 양손 엄지를 들어 보였다. 나는 애너벨에게서 가방을 빼앗듯 낚아챘다.

"미안해, 이런 거나 들고 있게 해서."

"도움이 될 수 있어서 좋아."

애너벨이 상냥하게 대답했다.

"애들아, 둘이 같이 있는 사진 찍어 줄까?"

엄마가 말했다.

"좋지."

나는 애너벨과 팔짱을 꼈다. 우리는 엄마 앞에서 활짝 미소 지었다.

"고마워, 비. 학교 끝나고 보자."

엄마가 인사를 하고 교문으로 향했다.

"엄마, 방금 찍은 사진은 잊지 말고…"

"나도 너희 사진에 들어갔냐? '하이퍼게이머' 태그 넣는 거 잊지 마라."

핫산이 내 앞으로 불쑥 끼어들었다.

"태그는 너나 신경 써."

나는 핫산의 등을 세게 쳤다.

"비, 너희 엄마한테 우리 사진 좀 보내 달라고 해도 될까?"

애너벨이 내 팔을 잡으며 말했다.

"물론이지. 오늘 밤에 받아서 전해 줄게."

나는 멀어져 가는 엄마의 모습을 바라봤다. 보관함 얘기를 미처 끝내지 못했다. 엄마가 오늘 좀 이상하게 행동하기는 했지만 우리에게 가장 중요한 철칙은 기억할 것이다.

조회가 있는 날이라 강당으로 갔다. 아메드 교장 선생님이 강단에 올라섰다. 교장 선생님 말씀에 집중하려 애썼지만 힘들었다. 에밀리가 무언가 혹은 누군가에 대해 킥킥댔기 때문이다. 아마도 내 이야기겠지. 치마를 입고 앉아 있자니 너무 추웠다. 감사하게도 조회는 빨리 끝났고 우리는 영어 수업을 들으러 교실로 향했다. 아이들 모두가 서로의 옷을 칭찬했다. 모르는 아이들도 내 곁으로 다가와서 내 옷이 멋지다고 말했다. 나는 고개를 끄덕이거나 슬며시 웃어 보이며 별것 아니라는 듯 행동했다. 내 속이 까맣게 타들어 간다는 사실을 그 아이들이 알기나 할까.

에밀리가 문 옆에 서서 교실로 들어가는 아이들에게 "서 옷은 맘에 들어, 저건 시시해" 등의 평가를 읊었다. 짜증 나게도 에밀리는 작년에도 사복의 날마다 이런 식으로 행동했는데, 올해도 계속 그러기로 작정한 모양이었다.

"시시해… 시시해… 맘에 들어…"

매티가 교복을 입고 어슬렁대며 걸어왔다. 에밀리가 어이없다는 듯 눈을 굴렸다.

"어떤 것들은 절대 변하지 않는구나. 교복남, 너 주말에도 교복 입는다는 말이 진짜니?"

매티가 에밀리를 쫓아 버리려는 듯 손을 휘이휘이 내저으며 브라이언 옆으로 가서 앉았다. 나는 애너벨 뒤에 숨으려고 했지만 들키고 말았다.

"자, 그리고 여기 스타 비가 납셨네."

에밀리가 내 앞을 막아섰다. 나는 눈을 내리깔았다.

"그래, 하던 일 계속해. 시시하다고 말하고 끝내 버리라고."

"너, 처음으로 맘에 든다."

에밀리가 말했다. 나는 두 번이나 에밀리의 표정을 확인했다. 비웃는 건 아닌지 확인하기 위해서였다. 에밀리는 진심이었다.

"어어… 고맙다."

"너 입고 있는 옷 스텔라 아니니?"

"유명한 브랜드야?"

내가 고개를 끄덕이며 물었다.

에밀리가 나를 향해 포탄을 날리듯이 두 눈을 부릅떴다.

"지구상에서 가장 잘나가는 여자 연예인들만 입는 브랜드야."

에밀리가 한 손을 자기 옆구리에 얹었다.

"비, 진심으로 하는 말인데, 내가 네 인생을 살 수 있다면 당장 살인이라도 하겠어. 넌 엄청 많은 것들을 누리면서도 그런 건 전혀 관심 없는 척하는구나."

"내가 무슨 척을 한다는 거야. 이건 내가 아니야, 에밀리."

"그래, 평범한 척하는 게 네 수법이지. 그렇게 네 인스타그램 계정은 다음 단계로 올라서는 거고."

"무슨 말이야?"

"넌 진짜 인스타그램 스타가 될 수 있어."

다음 단계라니. 그건 엄마가 읽는 책에나 나오는 말이다. 램 선생님이 내 뒤로 다가오자 에밀리가 외쳤다.

"램 선생님, 늘 그렇지만 오늘도 멋져 보이세요."

"에밀리, 그런다고 네 숙제가 저절로 쉬워지지는 않는단다."

램 선생님이 말했다. 우리는 각자 자기 자리에 앉았다.

"에밀리가 못되게 굴었어?"

애너벨이 내 쪽으로 몸을 기울였다.

"아니, 나보고 맘에 든대. 진짜 이상하지?"

나는 눈썹을 추켜세웠다.

"에밀리도 가끔은 착하게 굴 수 있나 봐."

애너벨이 고개를 끄덕였다.

나는 필통을 꺼내면서 에밀리를 흘끔 쳐다봤다. 아까는 마치 날 도와주겠다는 듯한 투였다. 아니, 이건 정신 나간 소리지. 에밀리는 그냥 변덕이 죽 끓듯 하는 극성맞은 아이일 뿐이다.

램 선생님이 같은 조끼리 앉도록 했다. 나는 다시 핫산과 매티 사이에 앉아야 했다. 어떻게 온종일 게임만 하는 핫산이 고급 단계의 독서 조에 들어온 걸까? 이 미스터리는 미국 모하비 사막의 외계인 비밀 기지라는

51구역과 비행기나 배가 걸핏하면 사라진다는 버뮤다 삼각지대 파일 사이에 보관해도 될 거다.

"안녕, 교복남."

햇산이 에밀리를 따라 했다.

"안녕, 하이뼁게이머."

매티도 질세라 받아쳤다. 나는 매티와 하이파이브를 하고 싶었다. 매티는 햇산의 도발을 참아 주지 않는다.

"내 친구들이랑 네 엄마 페이스북을 좀 뒤져 봤는데 말이야, 네가 아기였을 때 사진을 봤지 뭐냐. 그 풀장에서 찍은 사진도 봤고."

"그럴 시간 있으면 네 일이나 신경 써."

매티가 책을 들어 얼굴을 가렸다.

"너무 궁금하더라고. 우리 엄마랑 너희 엄마가 페이스북 친구잖냐. 아, 네가 고무 오리 때문에 겁먹은 사진이 특히 맘에 들더라."

"그만 좀 해."

내가 말했다. 햇산이 나를 흘끔 보더니 책에 고개를 파묻었다. 매티가 책 뒤에서 씩씩대는 소리도 들렸다.

쉬는 시간 종이 울렸다. 햇산이 떠나자 나는 매티에게 말했다.

"그런 사진이 온라인에 있다니 정말 기분이 별로겠다. 네가 어떤 기분인지 알아."

"너랑은 달라."

매티가 책을 얼굴에서 치우며 말했다.

"적어도 넌 선택권이라도 있잖아."

"그렇지. 이젠 나이를 먹었으니까. 하지만 어릴 땐 안 그랬어."

수업 시작을 알리는 종소리가 울렸다. 매티는 달리기 시작을 알리는 총소리라도 들은 것처럼, 벌떡 일어나 자리를 떠나 버렸다.

우리 엄마는 내가 부탁하면 아기였을 때 사진을 내려 줄까? 분명히 그렇게 해 줄 것이다.

브라이언이 펜으로 나를 쿡 찌르는 바람에 정신을 차렸다.

"자, 여기 있어."

"마음에 들면 너 가져."

내 말에 브라이언이 활짝 웃었다.

"우아, 고마워. 저기… 오늘 아침에 나 때문에 민망했다면 미안해."

"걱정 마. 민망함으로 따지자면 엄마가 빛의 속도로 앞서가고 있으니까. 그게 말이야, 엄마가 이 옷을 입으라고 했거든."

나는 끙 소리를 냈다.

"그런 것 같더라. 원래 입던 옷이 훨씬 잘 어울려."

브라이언의 말에 웃지 않을 수 없었다. 진짜 나를 알아주는 사람이 있다는 건 좋은 일이다.

#7_깨어진 규칙

수업을 마치고 애너벨과 함께 집으로 걸어갔다. 왜인지 애너벨은 휴대폰 화면을 보며 행복해했는데, 그 모습을 보니 내가 다 행복했다.

"아, 집에 가면 엄마한테 우리 사진 받아서 보내 줄게."

"벌써 봤어. 너희 엄마가 사진 잘 찍어 주셨더라."

"응?"

애너벨의 휴대폰 화면에는 '비의 연대기'에 올라온 우리 사진이 떠 있었다. 비밀 누설이다. 애너벨이 보관함에서 나왔다. 엄마, 도대체 무슨 일을 저지른 거야?

"비, 괜찮아?"

애너벨이 내 팔을 잡았다. 바람에 휘날리는 연처럼 몸에 힘이 다 빠졌다. 다리가 와들와들 떨려서 애너벨이 나를 집까지 질질 끌고 가야 할 판이었다. 나는 거의 끌려가다시피 애너벨네 집까지 갔다. 나는 편지함에 기대 섰다.

"애너벨, 나 몸이 너무 안 좋아. 집에 가서 쉬어야겠어."

"내일까지는 꼭 나아야 해. 내가 메시지 보낼게."

후들거리는 다리로 최대한 빨리 모퉁이를 돌아섰다. 곧이어 화가 솟구치며 핫산이 게임에서 졌을 때처럼 분노 모드로 전환되었다. 온몸의 화를 실어 허공에 주먹질을 해 댔다. 집으로 돌아와 내 방에 들어온 뒤에도 좀처럼 분이 풀리지 않아 베개에 화풀이를 했다. 캘리그래피를 하면서 마음을 좀 다스려 보려 했지만 글자마저도 칼로 쓴 것처럼 뾰족하고 거칠게 표현되었다.

엄마가 집에 돌아왔을 때, 나는 기진맥진하고 모든 감정이 메말라 버린 채로 배고픔에 허덕이며 침대에 누워 있었다.

엄마가 눈치를 보며 살금살금 방으로 다가왔다.

"비, 화부터 내기 전에…"

그 말을 하기엔 한참 늦었다. 나는 굶주린 눈으로 엄마를 쳐다봤다.

"너, 애너벨이랑 같이 찍은 사진에서 표정이 정말 자연스럽더라. 올리지 않을 수가 없더라니까. 그 사진은 몇 달 동안 올린 것 중에서 가장 빠르게 '좋아요'를 얻고 있어. '좋아요'가 벌써 2만 개나 되는데 계속 숫자가 올라…"

내 머릿속에는 해야 할 말이 다 준비되어 있었디. 엄마가 배신해서 얼마나 상처 받는지. 엄마가 어떻게 팀에 대한 기대를 저버렸는지. 하지만 내 뇌는 으깬 감자 요리만 떠올렸다. 완두콩을 곁들여서. 그레이비 소스를 잔뜩 끼얹고. 잠깐만, 나는 너무 배가 고팠다.

나는 엄마에게 딱 한 마디를 던졌다.

"난 관둘래."

"관두다니 뭘?"

"'비의 연대기'를 그만두겠다고."

"하지만 넌 사진 속에서 늘 혼자잖아. 우리가 수도 없이 댓글을 달았던 것도 사람들이 너한테 비는 친구가 없네 어쩌구 해서…."

"상관없어. 온 세상이 나에 대해 다 알 필요는 없잖아. 나도 사생활이 필요해."

"알아. 이해해."

"알면서 왜 우리 사진을 올렸어? 내가 보관함을 두는 이유가 그것 때문인데!"

내가 소리쳤다. 엄마가 양 손바닥을 들어 보였다

"그래, 그래, 마음 가라앉히고 얘기부터 해 보자. 딸, 그건 그냥 사진한 장일 뿐이야."

마음을 가라앉히기엔 너무 늦었다. 나는 머리를 흔들었다. 태풍이라도 부는 듯 머리카락이 흩날렸다. 나는 준비해 둔 말을 떠올렸다.

"엄마가 세상에서 제일 소중한 내 친구를 공개했어."

"왜 걔를 숨기려고 하는 건데?"

엄마 역시 눈 하나 깜짝 않고 대꾸했다. 나는 입을 벌렸지만 대답하지 못했다. 방이 여전히 빙글빙글 돌고 있었고 나는 침대 위로 쓰러졌다.

"이제 모두가 내 인스타그램에 얼굴 한번 비치겠다고 귀찮게 굴 거야. 엄마는 그게 어떤 건지 알지도 못하잖아."

"미안해, 비. 다음에는 몇 번이고 확인하고 올릴게."

엄마가 한발 물러섰다.

"그래, 지금은 그렇게 말하겠지. 그런데 팔로워가 더 늘면 엄마가 또 뭘 할지 어떻게 알아. 엄마는 변했어."

"나도 적응하는 중이야. 그래야 다음 단계로 나아갈 수 있잖아."

엄마가 에밀리 같은 소리를 하고 있다. 지금은 너무나도 듣기 싫은 말이다. 나는 등을 돌리고 이불을 머리끝까지 뒤집어썼다.

"좋아, 비. 저녁 먹고 다시 얘기하자."

엄마가 단호하게 말했다. 아무렇게나 내팽개쳐 둔 내 가방에 엄마 발이 부딪히는 소리가 났다.

"음식 주문할게."

엄마는 몸이 좋지 않아서 요리할 수 없을 때만 배달 음식을 시킨다. 꼬르륵거리는 배를 부여잡고 있는데 문득 죄책감이 몰려왔다. 진짜 그만두는 건가? 엄마는 어떻게 되는 거지?

다음 날 아침 눈을 뜨자 내 얼굴을 바라보는 카메라도 엄마도 보이지 않았다. 아무도 나의 졸린 얼굴을 찍으면서 자연스럽게 행동하라고 말하지 않았다.

지난밤, 분노와 죄책감 사이를 오가며 뒤척였다. 나는 나만의 삶을 원하는 걸까? 아니면 엄마를 행복하게 해 주는 게 먼저일까? 둘 다 할 수는 없는 걸까?

매콤하고 맛있는 인도식 카레를 잔뜩 먹고 일찍 잠자리에 드는 건 나쁘진 않았다. 그건 인정한다. 엄마는 나와 대화하려 했지만 나는 철벽을 치고 카레 가루로 귀를 꽉 막은 것처럼 굴었다.

엄마가 방문을 조심스럽게 두드렸다.

"들어가도 돼?"

차라리 하늘이 파란지, 아니면 물고기가 헤엄을 치는지 묻지. 답이 뻔한 걸 왜 묻지. 화나고 못된 성질이 불쑥 튀어나왔다.

"아니!"

엄마가 멀어지는 발소리가 들렸다. 죄책감에 시달리는 슬픈 내가 몸속에서 꿈틀댔다.

아침을 먹으려고 방에서 꾸물꾸물 나왔다. 식탁 위에 코코 팝스가 놓여 있었다. 나는 이를 악물었다. 엄마가 이런 음식 따위로 나를 달랠 생각을 한다면 그건 큰 착각이다. 그래도 나는 코코 팝스를 그릇에 담고 우유를 살짝 부었다. (하지만 너무 많이 따르는 바람에 알갱이가 동동 뜬 초코 우유처럼 되어 버렸다. 나는 바삭한 코코 팝스가 좋다.)

엄마가 커피가 담긴 머그잔을 들고 내 쪽으로 다가왔다.

"잘 잤니?"

"아직 이 안 닦았어."

나는 커리와 코코 팝스 향이 섞인 트림을 하며 대답했다. 엄마가 어깨를 으쓱했다.

"그리고 앞으로도 절대 아침에 이 안 닦을 거야. 치과 의사들을 공포에 떨게 할 거라고."

엄마가 휴대폰을 꺼냈다. 나는 얼굴을 가렸다.

"하지 마."

"딱 한 번만…!"

"싫어."

엄마가 휴대폰을 내려놨다. 그러고는 화이트보드에 적어 놓은 우리의 아이디어를 슬쩍 쳐다봤다.

"우리가 게시물을 올리지 않은 최장 기록이 며칠인 줄 알아?"

"일주일, 작년에 내가 학교 캠프 갔을 때 아니야?"

"아니, 그때는 내가 비어 있는 네 방을 계속 찍어서 올렸어. 그걸 비-톡스라고 불렀잖아."

"아아, 그랬지."

몸의 독소를 뺀다는 디톡스에 내 이름을 붙이다니 기분이 이상했다.

"이틀이 가장 긴 공백기였어. 네가 네 살 때였는데, 내가 독감에 걸려서 완전히 탈진했거든."

"나한테 셀카라도 찍어 올리라고 해도 됐잖아. 난 두 살 때부터 휴대폰 쓰는 법을 알았는데."

"그냥 그렇다는 얘기야. 이제 팔로워가 15만 명에 가까워졌어."

먹고 있던 코코 팝스가 목에 걸리는 바람에 질식할 뻔했다.

"어제 올린 그 사진 때문에?"

"그런 셈이지. 스텔라 해시태그가 새로운 팔로워가 들어올 문을 활짝 여는 마법 열쇠였어."

이게 바로 에밀리가 말한 다음 단계라는 건가 보다.

"잘됐네, 엄마."

나는 초코 우유를 벌컥벌컥 마셨다.

"하지만 오늘은 날 그냥 내버려 둬."

"나도 네가 쉴 수 있으니 좋아. 얼마나 오래 쉴 거야?"

"모르겠어."

입을 벌리고 서서 허공을 바라보는 엄마를 그대로 둔 채 나는 살그머니 자리를 피해 버렸다. 엄마가 비-톡스를 하는 동안 어땠을지 궁금했다. 그 비-톡스라는 것이 영원했으면 한다는 말은 용기가 나지 않아 차마 하지 못했다.

#8_나를 팔로우 하지 마세요

애너벨과 함께 학교에 가는 길에 나는 주말에 있었던 사건을 털어놓고 싶어서 입이 근질근질했다. 하지만 애너벨에게 어디까지 이야기해도 될지 감이 오지 않았다.

"우리 엄마 아빠가 네 인스타그램에서 내 모습을 보고 엄청 놀라더라. 난 네가 인스타그램에 친구를 올리지 않는다고 생각했어."

나는 깜짝 놀라 입술을 깨물었다.

"엄마가 실수한 거야. 하지만 행복한 사고라고 했어."

애너벨이 내 가방을 두드렸다.

"고마워, 비. 영광이야."

"그 사진이 아마 '비의 연대기' 마지막 사진이 될 거야."

나는 애너벨에게 비밀을 조금 털어놓았다.

"뭐? 진짜야?"

애너벨이 내 말에 발이 걸리기라도 한 듯 휘청거렸다.

나는 애너벨에게 비밀을 모두 밝히고 보관함을 탈탈 털고 싶었다. 애너벨은 내가 자기를 그런 곳에다 넣어 두었다는 사실을 알면 나를 이상하다고 생각할까?

"그동안 계속 고민했는데, 내 인생을 통째로 인스타그램에 올려놓고 싶은지 잘 모르겠어."

"하지만 네 게시물을 좋아하는 팬들이 있잖아."

애너벨이 내 팔을 꽉 잡았다. 팬이라고? 내 얼굴이 그려진 티셔츠를 입은 사람들이 '우리는 비를 사랑해요'라고 적힌 플랜카드를 들고 무리지어 다니는 모습이 떠올랐다. 그렇게 싫진 않았지만 소름이 끼쳤다.

"게다가 계정 관리는 너희 엄마가 다 하시고, 그치?"

애너벨이 말했다. 머릿속에서 불길이 일었다. 콧구멍으로 연기가 새어 나오고 있었다.

"뭐 그게 사실이라면, 엄마는 내가 필요 없겠지."

"말도 안 돼. 비가 없는데 '비의 연대기'가 유지될 턱이 없잖아."

애너벨이 웃었다. 나는 내 팔을 잡은 애너벨의 손을 떼어 내고 앞장서 걸었다. 애너벨은 이해하지 못한다. 그건 내 잘못이다. 내가 비밀을 조금도 털어놓지 않았으니까. 하지만 애너벨도 이럴 때는 날 몰라준다는 점에서는 다른 사람들과 다르지 않다. 인스타그램에서 진짜 유명한 사람들은 이럴 때 어떻게 할까. 하지만 나는 그런 사람을 모르기 때문에, 어쩔 수 없이 브라이언과 이 일을 의논해 보는 수밖에 없다.

###

아까의 일로 애너벨은 당황하고 약간은 발끈한 것 같았다. 점심시간에 애너벨이 초등학교 친구였던 브렌다와 어울리는 사이, 나는 핸드볼 경기장으로 향했다. 브라이언은 벌써 점심을 다 먹고 핸드볼 경기를 하고 있었다. 나는 경기에 뛰려고 준비 중인 줄에 서서 차례를 기다렸다. 매티가 내 옆으로 왔다.

"네가 핸드볼을 하는 줄은 몰랐는데."

"그렇게 어려워 보이지는 않네."

"나도 그렇게 생각했지. 그런데 한 달을 했는데도 공을 친 것보다 놓친 횟수가 많더라고."

매티가 말했다.

그나저나 나는 브라이언과 이야기하려고 서 있는 건데. 브라이언의 관심을 끌려면 매점에서 소고기 햄버거라도 사 와야 했나. 지금은 내가 경기에 들어가기 전에 브라이언이 마치고 나오길 바랄 뿐이다.

브라이언은 핸드볼을 꽤 잘했다. 드디어 내 차례가 되었다. 경기는 우리 팀이 2점을 먼저 얻어야 하는 상황이었다. 브라이언이 내 쪽으로 서브를 넣을 준비를 했다.

"여기서 뭐 해?"

브라이언이 소리쳤다.

"너랑 얘기 좀 하려고."

"그냥 와서 얘기하면 되는데."

71

브라이언이 자기 친구 마피를 돌아봤다.

"교체 좀 해 줄래?"

"좋지."

줄 서서 기다리던 마피가 브라이언과 손을 마주쳤다.

"핸드볼에도 교체 선수가 있어?"

내가 말했다.

"나처럼 훌륭한 선수를 위해서 존재하지. 그런데 무슨 일이야?"

나는 브라이언의 신발을 내려다봤다.

"혹시 햄버거 먹는 일이 지겨웠던 적 있어?"

"그거 물어보려고 핸드볼 게임에서 날 빼낸 거야?"

"그냥 대답이나 해."

"햄버거 먹다 식중독에 걸린 적은 한 번 있었지. 하지만 난 평생 햄버거 중독자야. 그런데 그게 왜?"

"'비의 연대기'가 지겨워졌거든."

나는 브라이언을 흘끔 처다본 뒤 말을 이었다.

"그게, 사실은 엄마한테 질린 거지. 이제는 재미없어."

"멋진 물건도 공짜로 얻고 모든 사람이 너를 좋아하는데 어떻게 지겨울 수가 있어?"

"그냥 사람들이 날 팔로우 해서 벌어지는 일들이 지긋지긋해. 언제쯤이면 끝이 날까?"

매티가 우리 사이로 끼어들었다.

"환영한다, 친구들."

"헉, 벌써 경기 끝났어?"

브라이언이 깜짝 놀라며 말했다.

"내가 너처럼 잘하려면 팔이 4개는 더 있어야 한다고."

매티가 웃으며 대답하고는 나를 쳐다봤다.

"그래서, 너도 엄마한테 복수하겠다고?"

나는 얼굴을 찌푸리고 매티를 쳐다봤다.

"너는 엄마랑 어떻게 되고 있는데?"

"엄마가 사진을 내리지 않겠대. 그래서 난 엄마가 아기였을 때 찍은 사진을 찾아서 온라인에 공개할 생각이야."

매티의 대답에 나는 웃음이 나왔다.

"괜찮은 생각인데."

"응, 우리 집에 스캐너가 없다는 사실만 빼면."

"내가 해 줄게. 너희 엄마 사진만 가져다줘."

"이야, 고맙다."

매티가 손뼉을 치면서 미친 듯이 웃었다. 그 모습이 마치 악당이 기뻐하는 모습 같았다.

"보답으로 '비의 연대기' 방해 작전을 도와줄게."

"방해 작전이라고?"

뱃속에서 팬케이크를 이리저리 뒤집는 기분이 들었다.

"엄마가 상처 받는 건 싫은데."

"글쎄, 네가 그만두는 것 자체가 엄마에겐 상처일 텐데."

브라이언이 말했다.

"그만두자고 엄마를 설득할 수만 있다면…."

그 순간 폭죽이 머릿속에서 터졌다. 내가 안티 비가 되는 거다. 사람들이 싫어할 만한 행동을 하자. 비는 팔로우 할 가치도 없다, 비를 무시하라고 외치는 거다. 그러면 엄마도 인스타그램을 그만둘 수밖에 없을 것이다.

#9_잼 국수와 생선 맛 너겟

수업 종이 울렸다. 수학 수업을 들으러 가는 동안 내 머릿속에서는 안티 비에 대한 아이디어들이 소용돌이쳤다. 메트윌리 선생님이 교실 문 옆에 서 있었다.

"휴대폰은 바구니에 넣어라."

모두가 선생님 책상 위에 놓인 바구니에 휴대폰을 집어넣었다. 메트윌리 선생님은 엄하기로 유명한 분이다. 나는 애너벨 옆자리에 앉으며 말했다.

"비 팔로우 방해 작전 좀 도와줄래?"

애너벨은 고개를 끄덕이는 동시에 설레절레 흔들었다. 애너벨다웠다. 애너벨은 가끔 이래도 좋고 저래도 좋다는 식으로 행동한다.

"와, 너희 엄마가 인스타그램 계정을 닫게 만들겠다는 거네. 뭘 할 건데?"

"엄마가 싫어하는 건 뭐든 할 거야. 엄마 속을 '확확' 뒤집는 거지. 이건 엄마가 자주 쓰는 말이야."

"우리 엄마는 그런 걸 '파다닥'이라고 하는데."

애너벨 말에 내가 웃었다.

"엄마 오리라서? 나는 너희 엄마가 화를 내는 모습이 상상이 안 돼. 무척 다정하시잖아."

애너벨이 손으로 오리 부리를 만들어 말하는 시늉을 했다.

"그래서, 뭘 어떻게 할 생각이야?"

"내가 안티 비가 되려고."

"악당 비 같은 거야?"

"아니, '세상을 다 차지해 버릴 테다!'라고 외치는 악당은 아니고. 그냥 엄마가 내가 하는 일을 올리지 못하게 버릇없이 구는 거지."

애너벨이 손을 내리고 나를 똑바로 쳐다봤다.

"진짜 그렇게 할 거야?"

"응, 물론이지."

"그럼 친구의 자격으로 나도 널 도울게."

오늘 메트월리 선생님의 수업은 분수였다. 분수로 말하면 내 뇌의 3분의 2는 무엇이 엄마를 짜증 나게 할지 생각하고 있었다. 내가 하는 일중 엄마가 가장 싫어하는 것이 뭘까. 엄마가 좋아하지 않는 음식은 또 뭐였더라. 이제 이 생각은 내 뇌의 10분의 9를 점령해 버렸다. 오늘이 다 가기 전에 '비의 연대기' 방해 공작의 물꼬를 틀 끝내주는 아이디어 하나는 갖고 있어야 했다.

수업이 모두 끝난 뒤, 우리는 필요한 물건들을 사기 위해 몇몇 가게로 잠입했다. 스파이 작전을 수행하는 기분이었다. 물건을 산 다음 집으로 가서 타이포에서 준 공책을 하나 골랐다. 보라색 표지에 금빛 별이 박힌 것이었다. 비 팔로우 방해 작전을 위한 계획을 적어 놓기에 완벽했다. 나는 엄마를 짜증 나게 할 만한 일을 써 내려갔다. 목록을 만드는 작업은 좀 까다로웠다. 대부분이 엄마가 내 사진을 찍는 일과 관련 있었기 때문이다. 내가 카메라를 보지 않는다거나 사진 초점이 안 맞았다고 엄마가 넌더리를 낸 것이 몇 번이었는지 세어 보다가 나는 그만 숫자를 잊어버리고 말았다. 엄마는 그런 사진들은 가차 없이 지워 버렸다. 마치 흰 셔츠에 묻은 음식 얼룩처럼.

나는 휴지에 코를 풀고 일부러 방바닥에 버렸다. 입던 옷도 죄다 바닥에 던져 둬야겠다. 목요일에 옛 사진을 올리면서 추억을 떠올리곤 했던 인스타그램 해시태그가 떠올랐다. '#추억이_몽글몽글한_목요일' 따위가 다 뭐람. 다음엔 #쓰레기가_우글우글한_목요일'로 만들어 버리겠다.

나는 혼자서 하이파이브를 했다. 이 얼마나 끝내주는 아이디어란 말인가. 안티 비라니! 주중에 올릴 역겨운 게시물의 종류를 정해 볼까?

#멀_봐_월요일 (여기저기 내키는 대로 흙 발자국을 찍고 다니는 날)

#화들짝_화요일 (문신을 해서 엄마를 충격에 빠뜨리는 날, 물론 지워지는 걸로)

#투덜투덜_수요일 (온갖 것에 대해 징징대며 불평하는 날)

#패대기치는_목요일 (안녕! 바닥아, 이제 옷장은 너야)

#구린_금요일 (휴대폰으로 냄새도 맡을 수 있다면 좋으련만)

#토요일이다옹 (엄마는 반려동물을 좋아하지 않으니까)

#달리자_일요일 (엄마는 달린다는 생각만으로도 숨을 헐떡거리지)

좀 가혹하다는 느낌도 들지만 인스타그램에서 탈출할 수만 있다면 해 볼 만한 가치가 있다. 홍수처럼 넘쳐나는 아이디어들로 공책의 절반이 채워졌다. 시계를 봤다. 엄마가 오기까지 한 시간가량 남았다.

부엌으로 달려가 찬장을 샅샅이 뒤졌다. 뭔가 떠올려야 했다. 엄마는 부엌에 온갖 것들을 꽉꽉 채워 놓는다. 뭐가 어디 있는지는 엄마만 알았기 때문에 마치 엄마만의 비밀 시스템 같았다. 나는 냄비 몇 개와 뚜껑들을 간신히 찾아냈다. 그다음 내키는 대로 요리를 하느라 정신이 없어서 엄마가 들어오는 것을 미처 보지 못했다.

"비, 너 혹시 뭘 태운 거니?"

엄마가 가방을 의자에 내려놓고 내가 있는 쪽으로 왔다.

"미안, 엄마. 면을 삶는데 물을 충분히 넣지 않아서 그렇게 됐어. 국수가 그렇게 빨리 익어 버릴 줄 누가 알았겠어?"

엄마가 싱크대에 손을 올렸다.

"설마 저녁 준비하고 있었던 거야?"

"딱 봐도 그래 보이지? 맛도 보는 그대로일 거야. 갑자기 요리하고 싶다는 마음이 막 들지 뭐야."

반은 사실이었다. 엄마는 그저 인스타그램에 올릴 나의 아이디어가 무엇인지 알지 못할 뿐이다.

"너무 오랫동안 엄마 혼자 도맡아서 음식을 했잖아. 이제 내가 할 때도 됐지."

"좀 간단한 걸로 시작해도 좋았을 텐데. 달걀 요리 같은 것 말이야."

"싫어, 크고 아름다운 냄비에 물을 담아서 하는 요리가 좋아. 그러니까 국수 정도는 삶아 줘야지."

"그러니까 국수를 비벼 먹는 소스가 음⋯ 딸기잼이야?"

엄마가 접시를 살펴보며 말했다.

"먹어 보지도 않고 이러쿵저러쿵 말하고 싶은 건 아니겠지."

내가 씩 웃으며 말했다.

"맛봤다가는 기절할지도 모르겠는데⋯"

엄마가 이번엔 예열되고 있는 오븐을 들여다봤다.

"이 안에 넣을 건 피시 스틱이야, 치킨 너겟이야?"

"아직 못 정했어. 그래서 두 가지를 으깨서 섞어 보려고."

"설마, 마늘 다지기를 쓰려고?"

엄마가 말했다.

"왜? 이게 제일 마음에 드는데."

나는 마늘 다지기를 토르의 망치처럼 치켜들었다.

"이걸 사용하는 편이 훨씬 쉬울 거야."

엄마가 싱크대 서랍을 열더니 안쪽에서 감자 으깨기를 꺼냈다.

"고마워, 엄마."

"딸, 열나는 건 아니지?"

엄마가 내 이마를 짚었다.

"진정해, 엄마. 저녁 준비가 다 되면 부를게."

나는 엄마 손을 떼어 냈다.

엄마가 복슬복슬한 분홍색 바지와 커다란 셔츠로 갈아입고 나왔다.

"무기를 고르세요."

식탁에 젓가락과 포크와 나이프를 놓으며 말했다. 그러고는 으깬 생선 맛 치킨 너겟을 담은 접시를 내밀었다.

"이것도 사진 찍어 올리고 싶지 않아?"

"비, 파업은 끝난 거야?"

"물론이지."

"이번 건 넘어가도 되겠어."

엄마가 앞에 놓인 잼 국수 그릇을 쳐다봤다.

나는 속으로 조용히 웃었다. 비 팔로우 방해 작전이 선제공격을 날린 것이다.

"왜에? 내가 처음으로 엄마를 위해 저녁 식사를 차렸는데, '비의 연대기'에서는 처음 있는 일이잖아."

"그럼… 연습했다고 치자."

"연습?"

"리허설 같은 거지. 다음에 또 저녁 준비를 할 마음이 생기면 그땐 내가 도와줄게, 그러면…"

"인생에 리허설 같은 건 없어."

내가 이런 말을 인용하다니! 느끼하다 못해 속이 울렁거렸다. 애너벨네 집 냉장고 자석에나 적혀 있을 말이었다. 애너벨 부모님은 세계 곳곳의 아름답고 민망한 명언을 모으는 취미가 있다.

"게다가 내가 저녁 식사를 준비하느라 얼마나 고생했는데."

내 말에 엄마가 한숨을 내쉬었다.

"정말 올려도 괜찮겠어?"

"나만 믿어."

내가 고개를 끄덕였다. 엄마가 휴대폰을 꺼내더니 내 노력의 결실을 찍었다. 나는 생선 맛 치킨 너겟을 한 숟가락 떠서 입에 넣었다. 내 혀는 그 음식이 생선인지 닭고기인지 구분해 내지 못했다. 그냥 종이 맛이 났다. 하지만 나는 이 저녁 식사가 마음에 드는 양 가식적인 표정을 지어야 했다. 하지만 엄마도 곧 진실을 알아채겠지.

"꼭 설탕이 잔뜩 묻은 실 모양 젤리를 먹는 것 같아."

엄마가 국수를 후루룩 먹은 뒤 웅얼거렸다.

"잼을 너무 많이 넣었나?"

"모든 것이 과해. 레시피대로 만든 거니?"

"내 가슴이 이끄는 대로 했지."

나는 주먹으로 가슴을 두드렸다. 아까보다 더 느끼한 말을 해 버렸다. 웩. 느끼하다는 말이 나와서 하는 얘기인데, 파마산 치즈 가루를 조금만 덜 뿌릴걸. 우리는 침묵 속에서 음식을 먹었다. 한 입 먹고 물 한 모금 마시고 음식을 노려보는 식이었다.

"내가 설거지할까?"

엄마가 나보다 먼저 식사를 마치고 말했다. 나는 싱크대에 가득 쌓인 온갖 냄비며 프라이팬을 바라봤다.

"걱정 마. 내가 할게."

"아니야, 내가 해야 공평하지."

엄마가 내 볼을 살짝 꼬집었다.

"잘했어, 비. 네 말이 맞아. 인생에 리허설은 없지."

"고마워, 엄마."

뱃속이 불편했다. 음식 때문만은 아니었다. 나쁜 상황은 사람들이 공짜 옷을 입은 나를 가짜라고 생각할지도 모른다는 것으로도 충분했다. 하지만 이제 사람들은 내가 부엌에서 짜증을 부리는 모습도 보겠지. 씁쓸함도 내 몫이다. 이 사진은 '좋아요' 갯수가 천 개를 넘지 못하는 첫 게시물이 될 테니까. 엄마는 악플 몇 개를 신고해야 할지도 모른다.

가끔은 사랑하는 사람에게 상처를 줘야 할 일도 생긴다. 그렇다, 이 명언도 꽤나 느끼하다. 비 팔로우 방해 작전이 내가 만든 저녁 식사처럼 좀처럼 삼키기 어렵다.

82

#10_가을 낙엽색 머리카락

다음 날 아침, 입에서 잼과 닭고기 맛이 났다. 지난 저녁 식사의 흔적을 닦아 내려고 치약을 반 통이나 썼지만 마찬가지였다. 엄마가 방문을 두드렸다.

"비, 네가 옳았어. 네가 만든 잼 국수인지 뭔지랑 생선 맛 너겟이 대박 났어."

"뭐라고?"

그건 대박 사고여야 하는데.

"벌써 지난주에 올린 게시물 중 '좋아요' 최고 기록을 세웠어. 진짜 잘했다, 비."

아직 꿈을 꾸는 중인가? 눈을 비볐지만 여전히 내 앞에 보이는 건 환하게 웃는 엄마 얼굴이었다.

"우리 딸을 더 믿어야겠어."

"그래, 우리 팀 파이팅!"

나는 이불 속으로 쏙 들어가 버렸다. 이건 그냥 운이 좋아서 벌어진 일이야. 설마 엄마가 음식이 맛있어 보이는 필터로 사진을 보정한 건 아니겠지?

애너벨은 웃음보가 터져서 학교로 가는 길 내내 킥킥댔다.

"생선 맛 너겟 남은 거 있으면 나도 좀 줄래?"

"그건 음식물 쓰레기통이 다 먹어 버렸어."

나는 앓는 소리를 냈다.

"우리 집은 식사 준비를 아빠가 거의 다 하는데, 아빠가 어제 네 게시물을 보고 자극 받았나 보더라."

"너희 아빠가 좋아하셔도 레시피를 드리는 건 불가능해."

학교에 가자 몇몇 이상한 시선이 느껴졌다. 하지만 특별할 것도 없는 일이다.

"와, 어젯밤에 식중독에 걸리진 않았나 보다?"

브라이언이 다가와서 말을 걸었다. 마침 작게 트림이 나왔는데, 아직 잼과 생선 맛이 났다.

"보기보다는 맛이 괜찮았어."

"언제부터 요리를 한 거야?"

"그냥 엄마를 짜증 나게 하려고 그런 거야."

"임무 완료네. 그 음식을 본 사람은 누구나 짜증 났을걸."

브라이언이 씩 웃으며 말을 이었다.

"벌레를 잡아서 벌레 버거를 만들면 어떨까? 내 게시물에 네 계정을 태그하게만 해 주라."

"꿈 깨서. 어쨌든, 폭삭 망한 내 요리가 '좋아요'를 엄청 받고 있어. 다들 나를 안됐다고 생각하나 봐."

"인스타그램이 그래서 웃긴다니까. 뭐가 히트 칠지 전혀 예상할 수가 없어."

브라이언이 말했다.

에밀리가 친구들과 함께 오더니 손에 들고 있던 종이봉투를 건넸다.

"네 다음 요리에 이걸 쓰면 좋겠다 싶어서."

종이봉투에는 시들시들한 상추, 연필 깎은 부스러기, 축축한 서벗이 들어 있었다.

"맙소사, 고맙다."

"그냥 네가 애처럼 유치한 요리를 하는 데 도움을 주고 싶어서. 이것도 한번 유행 시켜 봐, 행운을 빌어."

"유치한 걸로 따지면 너도 만만치 않네. 어렵지 않으니까 한번 도전해 보는 건 어때."

나는 낄낄대며 종이봉투를 쓰레기통에 넣었다. 에밀리는 내 말을 들은 척도 하지 않고 가 버렸다.

"오, 애너벨!"

에밀리가 갑자기 뒤돌아서더니 새로 부분 탈색한 자신의 노란색 머리카락 한 줌을 매만지며 애너벨을 불렀다.

"내 인스타그램 스토리에서 금발에 투표해 줘서 고마워. 네 표 덕분에 판세가 달라졌지 뭐야."

에밀리는 자기 팔로워들에게 온갖 시시콜콜한 것들을 묻곤 했다. 여덟 살 때 입던 셔츠를 입어 볼까 말까 하는 것부터 아이스크림을 핥아 먹을지 베어 먹을지 같은 것까지 별것을 다 투표에 부쳤다. 엄마도 내게 그런 걸 해 보자고 했지만, 나는 팔로워들이 이래라저래라 하는 게 싫어서 거절했다.

"응, 고마워."

애너벨이 대답했다. 찰나였지만, 애너벨은 에밀리의 친구가 되고 싶은 듯 보였다. 나는 에밀리가 애너벨을 홀리기 전에 애너벨을 데리고 자리를 떠났다. 무엇보다 에밀리에게 자기가 나에게 아이디어를 제공했다는 만족감을 주고 싶지 않았다.

수업을 마치고 나는 애너벨과 함께 우리 집으로 왔다. 우리는 곧장 욕실로 갔다. 애너벨이 염색약 통을 집어 들었다.

"너희 엄마가 괜찮다고 했어?"

"안 된다고는 안 했어."

그건 내가 물어보지 않았기 때문이다. 애너벨은 이 사실을 알 필요가 없다. 엄마와 나는 이 문제를 놓고 작년에 크게 싸웠다. 졸업식을 앞두고 내가 머리를 금발로 부분 탈색을 하고 싶다고 했을 때였다. 엄마 생각에 나는 염색하기엔 나이가 너무 어렸다. 하지만 인생은 한 번뿐이라지 않은가? 게다가 모름지기 안티 비라면 에밀리의 팔로워쯤은 되어야 하지 않을까. 나는 염색약 상자의 갈색 머리 여자를 노려봤다.

"가을 낙엽색이라고?"

"네 머리카락이 가을 나뭇잎처럼 우수수 떨어질 거란 뜻은 아니었으면 좋겠다."

애너벨이 킥킥댔다. 우수수 떨어진다는 말을 듣자, 엄마가 내 머리카락 색을 보고 핵폭탄처럼 폭발하는 모습이 떠올랐다. 엄마는 늘 매의 눈으로 나를 세심하게 관찰한다. 한번은 새끼손톱에 붙인 작은 꽃무늬 네일 스티커를 떼라고 한 적도 있다. 염색은 숨기기가 더 까다로울 거다. 집에서 모자를 쓰지 않는 한.

애너벨이 상자에서 염색용 빗을 꺼내 내 머리카락에 염색약을 바르기 시작했다.

"이 약을 슬라임 만들 때 써도 될지 궁금해."

"남은 건 너 가져."

"내 첫 영상에 사용해 봐야겠어. 참, 너희 엄마한테 내 영상에 출연해도 되는지 물어봤어?"

애너벨이 물었다. 평상시의 비라면 주제를 바꾸려 했을 거다. 단짝의 부탁을 거절하고 싶지 않으니까. 하지만 지금 나는 안티 비 상태다.

"응, 엄마가 도와줘도 된대."

애너벨이 기뻐하면서 빗을 바쁘게 놀렸다.

"진짜 멋지다! 내 일급 비밀 슬라임 만드는 연습을 해야겠어. 공개할 준비가 되면 너한테도 알려 줄게."

애너벨이 염색약을 더 바르면서 말했다.

"후아, 너무 많이 바르지는 마. 끈적이고 축축한 게 머리를 통째로 꿀

통에 넣었다 뺀 것 같아."

애너벨이 나에게 빗을 넘겨주더니 설명서를 읽었다.

"15분 동안 그대로 뒀다가 물로 헹궈 내래. 정말 멋져 보일 거야."

애너벨이 집으로 돌아간 뒤, 나는 엄마가 오기 전에 재빨리 욕실을 정리했다. 당분간 부엌 근처엔 가지 않기로 약속했기 때문에 엄마는 편안한 저녁을 기대하고 있을 거다. 또 다른 문제가 기다리는데 말이다.

염색약을 헹궈 낸 다음, 생일 파티에 초대할 친구들을 떠올리며 대충 계획을 짰다. 단 3명뿐이었지만 최고의 생일 파티를 완성해 줄 아이들이었다.

계획을 세우는 동안 나는 가능한 거울을 보지 않으려고 노력했다. 엄마만큼 나도 놀라고 싶어서였다. 우리 집에 거울이 많지 않기도 했다. 엄마는 보통 휴대폰 화면을 거울처럼 사용한다.

현관문을 열고 들어온 엄마가 열쇠를 떨어뜨렸다. 엄마의 턱도 함께 떨어졌다.

"비, 너 무슨 짓을 한 거니?"

"왜? 그냥 갈색으로 염색한 건데."

"그냥 갈색이라고? 거울 좀 봐!"

엄마가 꽥 소리쳤다.

나는 욕실로 뛰어 들어가자마자 비명을 질렀다. 내 비명이 너무 커서 욕실 거울이 갈라져도 이상하지 않을 지경이었다. 머리카락이 체리처럼 빨갛다. 내 모습은 폭발하는 화산 같았다.

"맙소사!"

나는 염색약 상자를 확인했다.

"상자의 모델 사진처럼 갈색이 될 줄 알았어."

"세상에! 염색 색깔이 달라도 상자에는 같은 모델을 써. 옆면에 표시된 색을 확인해야지!"

엄마가 염색약 상자 옆의 빨간색 점을 보여 줬다.

"나는 가을에는 빨간 낙엽도 있다는 뜻인 줄 알았어."

"대체 무슨 생각인 거니? 너답지 않아, 비."

엄마가 이를 앙다물었다. 그러나 나는 안티 비다.

"나는 '비의 연대기'를 위해서 뭔가 새로운 도전을 해 보고 싶었어. 별 것 아니잖아. 그냥 헹궈 내면 되는데."

내가 가슴 앞으로 팔짱을 끼며 대꾸했다.

"비, 아무리 많이 헹궈도 최소한 며칠은 갈 거야. 이런 머리를 하고 학교에 갈 수는 없어."

엄마가 손가락으로 내 머리카락을 집어서 문질렀다.

"괜찮아, 학교에서는 모자 쓰고 있으면 돼. 엄마가 사유서를 써 주면 더 좋고."

"보관함용으로 한 장 찍어도 되지?"

엄마가 휴대폰으로 내 모습을 찍었다. 아, 엄마도 보관함에 관심은 있구나.

"아니, 인스타그램에 올려 줘."

"진심이니?"

내 몸의 모든 세포가 안 된다고 외치고 있다. 하지만 나는 고개를 끄덕였다.

"어차피 학교에 가면 다들 볼 텐데 뭐."

"저녁 요리 사진도 대박 났는데, 염색이라고 안 될 게 뭐겠니?"

엄마가 사진을 올렸다. 단 1초도 지나지 않아 '좋아요' 알림이 왔다. 제발 이 사진이 우리 인스타그램을 폭삭 망하게 하는 시작이 되길. 비 팔로우 방해 작전은 엄마를 괴롭게 하는 것이 목적인데, 지금 비참한 사람은 어쩐지 나뿐이다.

#11_컬러런 마라톤

    난생처음으로 엄마보다 일찍 일어났다. 다 내 빨간 머리 탓이다. 베개가 끈적끈적해서 밤새 뒤척였는데 아침에 보니 하얀 베갯잇이 현대 미술 작품처럼 변해 있었다. 휴대폰으로 '비의 연대기'를 확인하는데 하품이 쏙 들어갔다. 어제 올린 사진이 '좋아요'를 2만 개 가까이 받았다. 하룻밤 사이에 말이다. 요즘 사람들은 잠도 안 자나? 지구 반대편에 있는 팔로워들까지 내 머리를 보고 웃는 모습이 떠올랐다.

    욕실로 가다 엄마 방문 앞에서 멈췄다. 문이 약간 열려 있었다. 엄마 방으로 들어갔다. 소리를 내지 않으려고 애쓸 필요가 없었다. 코 고는 소리가 어마어마했기 때문이다. 엄마의 콧구멍은 레이싱 카에 달린 쌍둥이 배기통 같았다. 내 휴대폰으로 엄마가 자는 모습을 몇 장 찍는데 갑자기 알람이 울렸다. 그 바람에 휴대폰을 엄마 침대 위로 떨어뜨리고 말았다. 엄마가 악몽이라도 꾼 듯 벌떡 일어났다.

    "후아, 비?"

"엄마, 일어났네."

나는 엄마에게 손을 흔들었다.

"이렇게 일찍 일어나다니 무슨 일이니?"

엄마가 눈을 비볐다.

"어, 머리카락을 빨갛게 염색하는 악몽을 꿨어."

엄마가 휴대폰을 집어서 나에게 건넸다.

"내 사진 찍은 거 아니지?"

"걱정 마, 엄마. 인스타그램에 올리지는 않을게."

"외계인이 진짜 널 납치해 로봇으로 바꿔치기한 거니? 평소 같지 않게 너무 이상해."

"침대에서 아침 먹을 거야?"

"알겠다. 너 로봇 맞구나. 그냥 잠이나 더 자."

엄마가 웃었다. 나는 몽유병에 걸린 것처럼 팔을 앞으로 쭉 뻗은 채 내 방으로 걸어가서 침대에 풀썩 드러누웠다. 그러고는 잠을 더 자 보려 했다. 그러다 다시 일어났는데 머리가 어질어질 오락가락 정신이 없었다. 그냥 집에 있고 싶었지만 엄마가 뭐라고 할 것이 뻔했다. 현실을 받아들이는 수밖에 없었다. 엄마가 방으로 들어와 머리를 빗겨 줬다.

"괜찮을 거야, 딸. 내가 사유서 써 줄게."

"그거 내 뇌가 비었다는 증명서 아니야? 뭐라고 쓸 거야?"

"인스타그램과 관련한 사고였다고 쓰려고. 염색약 샘플을 받았는데 끔찍하게도 이런 결과가 나왔다고 해야지. 그럼 절반만 거짓말이 되잖아."

"내 편이 되어 줘서 고마워, 엄마."

"비, 아슬아슬한 행동은 이제 그만둔다고 약속해."

엄마가 빗으로 나를 가리키며 말했다.

"인생은 정말 놀라워, 그렇지 엄마?"

"그래그래. 자, 모자 써. 또 걱정할 일 만들지 말고."

"알았어. 잘할게, 엄마."

하지만 여기서 포기할 수는 없다. 비 팔로우 방해 작전은 이제 막 시작했으니까.

애너벨네 집에 갔다. 애너벨은 나를 보자마자 두 팔로 내 어깨를 감싸 안았다.

"비, 정말 미안해."

"괜찮아. 너도 몰랐잖아."

"그런데 너 성냥개비 같아."

"내 머리카락에 불이 붙어서 화재 경보가 울리는 일은 없어야 할 텐데 말이야."

교문에 도착하자 마치 요주의 인물 등장 알람이라도 설정해 놓은 듯한 장면이 펼쳐졌다. 교문에서 나를 기다리고 있는 아이는 래리뿐만이 아니었다. 전교생이 교문에 진을 치고 있었다.

나는 모여 있는 아이들을 밀치며 나아갔다. 제각각 떠드는 아이들의 목소리 때문에 마치 말하는 나무들의 숲을 지나가는 기분이었다.

"쟤 머리카락 색, 실제로 보니까 훨씬 밝은데."

"무슨 생각으로 저런 거야?"

"멋져 보인다."

눈을 감고 애너벨의 가방을 움켜쥐며 말했다.

"애너벨, 나 여기서 빠져나가게 도와주라."

"알았어. 애들이 다 널 쳐다보고 있어."

애너벨이 속삭였다.

"나도 알아. 내가 모르는 얘기를 해 줘…"

"선생님들도 나와 계셔."

"그래, 알았어."

나는 눈을 감은 채 말했다.

"게다가 교장 선생님까지…"

"뭐?"

눈을 떴다. 아메드 교장 선생님이 내 앞에 서 있었다.

"교장실로 와 주겠니, 베로니카?"

"비는 이제 큰일 났다. 완전 혼나겠네!"

핫산이 소리쳤다.

"너도 비랑 같이 오고 싶니, 핫산?"

교장 선생님이 핫산에게 말했다. 핫산은 아이들 속으로 숨어 버렸다.

나는 머리를 흔들어 머리칼을 어깨 아래로 늘어뜨렸다. 팔로워들을 떼어 내려다 이런 일까지 겪다니. 이제 나는 사람들의 관심을 더 많이 받게 되었다.

아메드 교장 선생님은 좋은 분이다. 상냥하지만 공정하다. 나는 조회 시간에 말썽을 피우는 아이들을 향해 교장 선생님이 매섭게 화내는 모습을 몇 번 봤다. 이젠 내 차례인 걸까. 교장 선생님을 따라 교장실에 들어섰다. 교장 선생님이 문을 닫았다.

"베로니카, 메리포드 중학교에는 복장에 관한 규칙이 있단다. 부분적으로 조금 탈색을 하는 정도라면 괜찮지만, 이건… 네 머리는 너무 심하구나."

"죄송해요, 교장 선생님."

나는 엄마가 적어 준 사유서를 내밀었다. 교장 선생님이 사유서를 읽었다.

"그렇다 해도, 사흘 동안 방과 후에 남는 벌을 줘야겠다."

"실수였어요. 사고였다고요…."

난생처음 벌을 받게 되었다. 심장이 입 밖으로 튀어나올 것처럼 쿵쾅거렸다.

"너도 네가 학교에서 유명하다는 사실을 알 거야. 나는 학생들이 죄다 염색을 하는 상황은 원치 않는단다."

마치 누군가 나를 따라 염색이라도 할 거라는 투였다. 내가 유행을 이끄는 사람이라도 되는 걸까? 캘리그래피를 하는 아이들이 많아지면 좋을 것 같긴 하지만.

"벌 받을 때 책을 가져와서 읽어도 좋아."

교장 선생님이 말했다.

"감사합니다, 교장 선생님."

그건 교도소에 휴대폰을 들고 들어가는 것이나 마찬가지다. 교장실을 나오자 브라이언과 애너벨이 전교생의 반쯤 되는 아이들과 함께 기다리고 있었다.

"정학 당한 거야?"

"말도 안 돼."

내가 말했다.

"에밀리가 네가 학교에서 쫓겨날 거라고 애들한테 말하고 다니더라."

브라이언이 말했다.

"그럴리가."

나는 욱하는 마음에 모여 있는 아이들에게 외쳤다.

"내 인생 최초로 학교에서 벌을 받았어! 서둘러! 이 소식을 퍼트려!"

몇몇 아이들이 응원의 함성을 외쳤다. 나는 교장 선생님이 그 소리를 듣지 않길 바랐다. 멋져 보인다는 이유로 아이들이 방과 후에 남는 벌을 받겠다고 나서는 상황은 교장 선생님도 원치 않으실 테니까. 모두가 나를 무슨 저항군이라도 되는 듯 바라봤다. 비죽비죽 웃음이 새어 나왔다. 나는 안티 비니까.

"잘했어, 비. 우리 학교에서 이렇게 대담하게 머리를 염색한 사람은 네가 처음이야. 나도 이제 네 인스타그램을 팔로우 하려고."

졸업반 언니 한 명이 휴대폰을 꺼내며 말했다.

"나는 루시55야. 너도 팔로우 해 줄 거지?

"네, 그럴게요."

이게 무슨 일인가? 팔로워가 떨어져 나갈 줄 알았는데 오히려 얻다니. 하지만 에밀리는 나를 저항군으로 보지 않았다.

"뭐야, 보라색 염색약은 없었던 거야? 넌 보라색을 좋아하는 줄 알았는데."

"내가 갔던 가게에선 품절됐더라고."

나는 머리를 절레절레 흔들었다.

"아무튼 네가 껍질을 깨고 나오는 모습을 봐서 좋다. 네 게시물 중에서 최고였어."

에밀리가 기대치 않았던 말을 했다.

"어… 고맙다."

좋아, 이제 나는 공식적으로 안티 비가 되었다. 보통의 비는 이런 칭찬을 받을 일이 결코 없으니까.

오늘은 애너벨과 함께 듣는 수업이 없는 날이다. 1교시부터 4교시까지 전부 애너벨과 다른 수업을 듣는다. 그래서 쉬는 시간마다 책상에 엎드린 채 시간을 보냈다. 마치 누군가의 코에 난 화농성 여드름을 보는 것처럼 힘들었다. 그래도 1교시 역사 수업과 2교시 체육 수업 때에는 브렌다, 오드리와 함께 앉을 수 있어서 괜찮았다. 둘과는 초등학교에 다닐 때 친하게 지냈다. 하지만 지금은 그렇게까지 친한 사이는 아니다. 애너벨이 너무나도 그립다.

쉬는 시간에 애너벨과 나는 매점에서 만났다.

"비, 슬라임 동영상 찍을 때 네 새 옷 좀 빌려 입어도 될까?"

"물론. 새 옷이라면 산더미처럼 있지. 내가 후원 받은 옷을 입으면 회사에서 너도 후원해 줄지도 몰라."

"그러면 정말 좋겠다. 너 같은 친구를 두다니 난 정말 운이 좋아."

애너벨이 웃으며 말했다.

"애너벨, 나는 특별 손님인 거야, 알겠지? 그나저나 매티가 자기 엄마 사진을 주기로 했는데."

매티는 선글라스를 쓰고 벽에 기대어 서 있었다.

"나 어때 보이냐?"

"엄청 수상해 보여."

내가 웃으며 대답했다.

"아, 좋아. 신발 상자 속에서 이걸 찾아냈어. 한번 살펴봐."

매티가 봉투를 건넸다.

나는 봉투에서 매티 엄마의 사진을 꺼냈다. 실제로 오래된 사진이라는 점만 빼면 필터를 적용해 일부러 낡은 느낌을 준 것처럼 보이는 사진이었다. 그걸 보니 보관함에 넣기 위해 출력한 사진들이 떠올랐다.

"사진을 마지막으로 인화한 게 언제였는지 기억도 안 나."

애너벨이 사진 가장자리의 부드러운 윤곽을 손가락으로 쓰다듬었다.

"별거 아니야. 사진 한 장에 150원 정도만 내면 인화해 주거든."

내가 말했다.

"네가 그런 걸 어떻게 알아? '비의 연대기'는 사진을 전부 디지털로 보관하는 거 아니었어?"

"음… 그렇긴 하지."

나는 궁금해하는 애너벨의 시선을 피해 매티를 쳐다봤다.

"이 사진을 올리면 너희 엄마가 마음을 바꾸실까?"

"그랬으면 좋겠다."

매티가 고개를 끄덕였다.

"매티 네 계획은 술술 풀려서 좋겠다. 이상하게도 안티 비는 반대로 인기를 얻고 있거든."

"집에 동물을 데려오는 건 어때? 우리 숙모는 내 사촌보다 강아지를 더 예뻐해."

"그래, 반려동물이 나보다 인기를 얻을 수도 있겠다. 너희 그거 알아? 커들스라는 고양이가 있는데 팔로워 수가 '비의 연대기'의 열 배도 넘어."

"넌 특이한 반려동물이 필요하겠어. 세계 최초의 기니피그 인스타그램 계정을 만드는 건 어때?"

매티가 말했다.

"너무 늦었어. 기니피그 닐스의 계정은 팔로워가 백만 명이 넘거든."

내가 대답했다.

"거북이는?"

"미국에 진짜 닌자 거북이가 있지. 어떤 아저씨가 거북이 네 마리를 훈련해서 작은 무기를 들 수 있게 만들었거든."

"와, 그 계정 찾아봐야겠다."

매티가 씩 웃었다.

"진짜야. 우리 계정이 인스타그램 동물 스타들을 죄다 팔로우 하거든. 하지만 엄마는 반려동물을 키울 생각은 없어. 그냥 멀리서 보는 것이 더 좋대."

얘기하다 보니 문득 좋은 생각이 떠올랐다. 나는 손가락을 부딪쳐 딱 소리를 냈다.

"엄마를 나보다 더 유명하게 만드는 건 어떨까?"

"그래, 아직 염색약이 반 병 남았잖아?"

애너벨이 말했다.

"엄마는 빨간색으로 염색을 하느니 차라리 죽음을 택할걸."

머릿속에 생각 풍선이 부풀어 오르기 시작했다. 새로운 임무를 위한 작전명이 떠올랐다. '비 팔로우 방해 작전 → 비 엄마를 팔로우 하세요!'

이제부터 나는 새로운 엄마를 창조하겠다. 만약 엄마가 더 많은 관심을 받기 시작한다면 자신에 관한 게시물을 올릴 거다.

나는 3교시와 4교시 내내 새로운 계획에 몰두했다. 점심시간을 알리는 종이 울릴 때까지 계속 생각하고 또 생각했다. 그러고는 방과 후에 남아 벌을 받는 동안 읽을 스파이 스타 작전 시리즈의 신간을 집어 들었다.

"네가 벌 받는 장면을 보게 될 줄은 정말 몰랐다."

교장실 맞은편 교실로 향하는데 핫산이 말을 걸었다.

"나는 네 비법이 궁금한데? 넌 벌 받는 교실에서 살다시피 하잖아."

"지금 벌 받으러 가는 거 아니었어?"

핫산이 내 책을 톡톡 쳤다.

"교장 선생님이 책 읽어도 된다고 했어."

"인스타그램 스타는 특별 대우 받네."

교실 앞에 다다르자 복도에 몰려 있던 아이들이 양옆으로 갈라지며 길을 만들었다. 몇몇 아이들은 내 사진을 찍기도 했는데, 자기 계정에 나를 태그해 올리기 위해서였다. 아이들을 보니 크로스컨트리 경기를 할 때 결승점으로 향하는 에밀리의 모습이 떠올랐다. 모두가 나를 응원하고 있진 않다는 사실만 빼면 말이다. "화이팅, 비!"라는 응원도 들렸지만, 그 소리를 거의 집어삼킬 만큼 큰 야유와 고함에 귀가 터질 지경이었다. 주위에는 내가 벌 받으러 가는 모습을 영상으로 찍으면서 인터뷰하려는 아이들로 북적댔다. 나는 휴대폰과 질문을 피하려 애쓰면서 최대한 빨리 걸었다.

애너벨이 시끄러운 아이들 틈을 뚫고 나를 향해 손을 흔들었다.

"방과 후 벌 잘 받아!"

웃음이 터졌다. 그야말로 애너벨다운 말이었다.

"고마워."

아메드 교장 선생님이 교장실에서 나왔다. 교장 선생님이 모여 있는 아이들을 가리켰다.

"너희들 모두 벌 받고 싶어서 모여 있는 거니? 그런 거라면 강당을 열어야겠구나."

아이들이 비둘기처럼 흩어졌다.

핫산과 나는 교실로 들어갔다. 20개의 무표정한 얼굴이 나를 바라봤다. 목공을 가르치는 지브랜즈 선생님이 교탁에 앉아 있었다. 선생님은 교실에 있는 아이들만큼이나 지루한 표정이었다. 혹시 선생님도 뭔가 사고를 쳐서 이곳에 온 건 아닐까 하는 생각이 들 정도였다.

"빨리 자리에 앉아라!"

선생님이 다그쳤다. 핫산과 나는 마치 의자 뺏기 놀이를 할 때처럼 가까운 빈자리에 재빨리 앉았다. 핫산 같은 애들이 이 시간을 '완전 고문'이라고 부르는 까닭을 알 것 같았다. 벌을 받는 동안은 어떤 물건도 허락되지 않았다. 아이들은 마치 공짜 와이파이가 끊겼을 때처럼 답답해 죽을 것 같은 표정이었다.

나는 책을 펼쳐서 읽기 시작했다. 핫산이 부럽다는 듯이 쳐다봤다.

"같이 읽으면 안 될까?"

핫산이 속삭였다. 나는 지브랜즈 선생님을 슬쩍 봤다. 선생님은 고개를 숙인 채 휴대폰을 들여다보느라 정신이 없었다. 괜히 약이 올랐다.

"너 진짜 심심하구나, 책을 읽겠다고?"

나도 작은 소리로 말했다.

"야, 나도 책 읽어. 대부분 게임 잡지긴 하지만. 내가 독서 고급 단계인 데에는 다 이유가 있을 거라는 생각은 안 해 봤나?"

내가 한 쪽을 읽고 나서 핫산에게 책을 건네줬다. 핫산이 금세 읽고 나에게 다시 책을 넘겼다.

"읽고 줘."

"넌 매사가 다 게임 같은가 보다?"

내가 웃으며 말하고 다음 쪽을 빨리 읽은 뒤 핫산에게 건넸다. 초침 소리만 들리는 가운데, 심지가 타들어 가는 폭탄 대신 책을 서로에게 넘기는 게임을 하는 기분이었다.

"야, 우리도 껴도 돼?"

갑자기 책 폭탄 주고받기 게임이 교실 전체로 퍼지기 시작했다. 이제 지브랜즈 선생님이 고개를 들면 책 폭탄이 터지면서 게임이 끝나는 거다. 누군가가 '지루함이 창조성을 키운다'고 했는데 딱 맞는 말이다. 덕분에 난생처음 받는 벌이 엄청 재미있었다.

"이럴 때 휴대폰이 있어야 하는데! 이 모습을 찍어 두게 말이야."

핫산이 아쉬운 듯 나지막이 숨을 내쉬며 말했다. 나는 웃음을 꾹 참았다. 목구멍에서 폐까지 몸이 짜릿함으로 요동쳤다. 나 역시 이 순간을 사진으로 남기고 싶었다. 하지만 때론 휴대폰으로 찍어 두는 것보다 직접 경험하는 편이 나은 것들이 있다. 이 순간을 글로 적어서 엄마가 보게 냉장고에 붙여 놔야겠다.

###

그날 저녁, 엄마는 내가 방과 후에 남는 벌을 받았다고 나를 콩 볶듯이 달달 볶았다.

"어, 그냥 다른 벌이랑 비슷했어."

나는 회전의자에 앉아서 빙글빙글 돌며 말했다. 아이들이랑 책 폭탄 게임을 했다는 이야기는 뺐다. 같이 벌 받던 아이들이 나중에는 도서관에서 책을 빌리고 싶어 하게 되었다는 이야기도.

이제 비 팔로우 방해 작전을 펼칠 시간이다. 나는 엄마가 주특기인 볶음 요리에 간을 하는 모습을 지켜보며 입을 열었다.

"있잖아, 엄마. 우리 다시 뭉쳐서 뭔가 새로운 걸 시도해 보면 어때?

"도전하는 금요일에 뭔가 함께 하자는 날이니?"

"아니, 꼭 금요일이 아니어도 돼. 방송 댄스나 프랑스어 같은 걸 같이 배워 보면 어떨까?"

"어머, 너 정말 나를 집 밖으로 끌어낼 셈이구나."

엄마가 웃으며 말했다.

"웅… 아니, 그럴 수도 있지만 말이야."

엄마가 가스레인지를 껐다. 나는 말을 이었다.

"밖에서 뭔가 함께 하면 팔로워가 더 늘 것 같아서."

자주 외출하면 새로운 사람들을 만날 기회도 늘 것이다. 엄마는 세금 상담을 받는 사람들 말고 진짜 친구가 필요하다. 언제까지나 나하고만 어울릴 수는 없다.

"요리 수업은 어때? 아니면 노래 동아리 같은 걸 찾아보거나…."

"요~리, 노~래, 필라테스~ 내가 좋아하는 몇 가지라네~"

엄마가 노래 부르듯 말했다.

"필라테스 한 적이 있었어?"

"딱 한 번. 하지만 '비의 연대기' 전의 일이야."

또 다른 건 없을까 찾아볼 요량에 휴대폰을 들었다. 그러다 인스타그램 소식을 확인하고 말았다. 빨간 머리 안티 비 사진이 '좋아요'가 5만 개에 다다른 것. 새로운 팔로워들도 부쩍 늘어나 있었는데, 루시55도 있었다. 마음 한 켠이 흥분되고 짜릿했다. 이런 감정을 느끼는 걸 보면 내 안에도 엄마가 있는 것이 분명했다. 나는 댓글을 살펴봤다. 모두 새로운 모습이 마음에 든다고 했다. 손발이 오그라들어 공처럼 동그랗게 말려 들 것만 같았다.

나답게 살아 보려는 일이 이렇게 피곤하다니. 그걸 위해 내가 다른 사람처럼 행동하는 건 훨씬 더 진 빠지는 일이다.

나는 인스타그램에 올라온 게시물들을 쭉 살폈다. 뭔가 아이디어를 얻을지도 모른다는 생각에서였다. 그러다 에밀리의 계정에서 시선이 멈쳤다. 엄마는 메리포드 초등학교에 다녔던 아이들을 모두 팔로우 하고 있었다. 보통 땐 에밀리 계정은 살펴보지 않고 넘어갔는데, 에밀리의 최근 게시물이 눈길을 사로잡았다. 사진 속 에밀리는 흡사 걸어 다니는 솜사탕이었다. 그건 작년 컬러런 대회 때 찍은 사진이었다. 에밀리는 친구들에게 이번 컬러런에 같이 나가자고 설득하는 중이었다. 나는 걔 친구가 아니지만 재빨리 컬러런 웹사이트에 접속했다. 올해 컬러런은 몇 달 남지 않은 상황이었다.

"엄마, 우리 컬러런 대회에 함께 나가 보는 건 어때?"

"그게 뭐야? 그림 그리기 대회 같은 거야?"

"아니, 달리면서 색깔들과 노는 거야."

나는 식탁을 정리하며 말했다.

"전혀 어울리지 않는 두 단어가 붙어 있네."

"잼 국수처럼?"

내가 웃으며 대꾸했다.

"안 어울릴 게 뭐야? 자선기금을 모으기 위한 대회인데, 천천히 달리면서 중간중간 색색의 가루 폭탄을 뒤집어쓰는 거야. 말 그대로 달리면서 색깔들과 노는 거지. 엄마, 같이 하자. 이젠 엄마 인생을 즐길 때야."

"지금 누가 말하는 거야? 우리 비야, 아니면 빨간 머리 비야?"

엄마가 매운 볶음 요리 두 접시를 식탁 위에 놓았다. 그러고는 젓가락 위치를 이리저리 바꾸면서 위에서 사진을 몇 장 찍었다. 나는 그런 엄마를 재빨리 찍었다. 보관함용이었다.

"한순간만이라도 '비의 연대기'는 잊자."

내가 휴대폰을 한쪽으로 밀며 말했다. 속으로는 한순간 이상이길 바랐지만, 일단 첫걸음을 떼는 것이 먼저다.

"같이 컬러런 대회에 나가면 정말 좋을 거야."

"좋아, 하자!"

엄마가 말했다.

"좋았어! 그럼 이번 토요일부터 연습하는 거야."

엄마가 웃었다. 엄마는 내가 진심이라고 생각하지 않는 듯했다. 어쩌면 나도 진심이 아닐지도 모른다. 그건 토요일 아침이 되어 봐야 알 것 같다.

#12_토요일이다옹

토요일 아침 일찍, 나는 엄마와 치핑 노턴 호수로 갔다. 엄마를 집 밖으로 나오게 하려고 더블샷 커피로 유혹해야만 했다. 어쨌든 엄마가 함께 나와서 기뻤다. 이른 아침의 호숫가는 반복 알람 기능을 믿지 않거나 늦잠이라는 것이 존재하는 줄 모르는 이상한 사람들로 북적였다.

"일단 호수 주변을 한 바퀴 돌자."

내가 스트레칭 비슷하게 몸을 풀면서 말했다. 엄마가 하품을 했다. 입에서 커피 냄새가 났다.

"처음엔 좀 살살해야 하는 것 아니니?"

"이게 살살이야. 원래 다섯 바퀴는 돌 생각이었어."

"생각만 해도 다리에 쥐가 나는 것 같다."

엄마가 얼굴을 찡그렸다.

"먼저 몸 풀기로 살짝 걸을 거야."

우리는 나란히 걷기 시작했다.

"칙칙폭폭, 칙칙폭폭."

엄마가 기차놀이 할 때처럼 양팔을 올렸다 내렸다 하며 흔들었다.

"엄마 기차에 오르셨습니다. 다음 역은 호수 반대편입니다."

내가 속도를 올리면서 말했다.

"엄마, 모퉁이를 돌면 가볍게 뛰기 시작하는 거다."

엄마는 가파른 산길을 힘겹게 오르는 자동차 엔진 소리를 냈다. 평지를 걷고 있는데도 말이다. 모퉁이를 돌자 엄마가 뒤쪽으로 처졌다. 아직 달리지 않고 있었기 때문이다.

"좋아, 그러면 저기 보이는 구부정한 나무 옆을 지날 때부터 달리는 거다."

엄마는 나무도 본체만체 지나쳤다.

"비, 오늘은 그냥 걷기만 하면 안 될까?"

나는 뒤로 돌아 엄마를 바라보며 걸었다.

"우리가 참여할 대회는 컬러 워크가 아니야."

"대회 땐 뛸 거야. 아, 사진 찍을 때만 빼고."

"엄마, 우리는 꼭 함께해야 해."

내가 멈춰 서서 말했다.

"그래, 최선을 다해 볼게."

엄마가 겉옷 지퍼를 내렸다.

"멋지십니다. 출발!"

나는 다시 앞을 보고 길을 따라 뛰어 내려갔다. 계속해서 호숫가를 천천히 달리면서 오리들과 경주를 벌였다. 돌아보니 엄마가 저만치 뒤에서 휴대폰을 보며 따라오고 있었다.

달려온 길을 되돌아서 엄마에게로 가자 엄마가 사진을 보여 줬다. 내가 호숫가를 달리는 사진이었다.

"물이 햇살에 반짝이는 모습이 얼마나 예쁜지 몰라."

나는 손목에 찬 밴드로 이마에 맺힌 땀을 훔쳤다.

"호수 반대편에 있는 놀이터에 도착할 때까지 사진 찍지 말기, 어때?"

엄마가 아무 말 없이 고개를 끄덕였다. 나는 엄마를 끌고 천천히 달리기 시작했다. 이번엔 엄마 옆에서 발맞춰 뛰었다.

"좋아, 저 앞에 킥보드 타는 아이를 따라잡는 거야."

꼬마는 헬멧 위에 야구 모자를 얹다시피 쓰고 있었다. 안전과 멋을 동시에 챙기려는 것 같았다. 그 아이는 마치 내 생각을 듣기라도 한 듯 우리가 속도를 높이자 킥보드를 더 빨리 몰기 시작했다.

"불공평해. 저 애는 바퀴가 있잖아."

엄마가 불평했다.

"꼬마 머리 위에 도넛이 얹혀 있다고 상상해."

"비, 난 그 정도로 엉망은 아니야. 음식 때문에 움직이는 사람은 아니라고."

"솔직히 말해, 엄마. 나는 지금 저 애가 거대한 팬케이크를 옷처럼 두르고 있다고 생각하는 중이야."

드디어 우리의 발에 속도가 붙기 시작했다. 엄마가 몰아쉬는 거친 숨소리가 내 발소리와 어우러지면서 독특한 음악을 만들어 냈다. 드디어 놀이터에 다다랐다. 어르신들이 주로 이용하는 실외 체육관이라고 표현

하는 편이 어울릴 만한 곳이었다.

"비, 내 폰 좀 찾아 줄래? 오다가 어딘가에 떨어뜨렸나 봐."

엄마가 잔디 위에 풀썩 무릎을 꿇었다.

"엄마, 우리 10분밖에 안 뛰었어."

형광 핑크색 운동복을 입은 머리가 희끗희끗한 아주머니가 물병을 들고 달려왔다.

"괜찮으세요?"

엄마가 아주머니를 향해 손을 들어 보였다.

"저는 괜찮아요, 감사합니다."

"산책하기 좋은 아침이네요."

아주머니가 웃으며 말했다.

"새 책이요? 저는 책은 요리책만 본답니다."

엄마의 동문서답에 아주머니가 큭큭 웃었다.

"우리 사진 찍을까?"

내가 양손으로 브이를 만들면서 말했다.

엄마가 한 손으로 햇빛을 가리며 다른 손으로 사진을 찍었다.

"느끼한 토요일에 완벽한 사진이네."

"날씬한 토요일이겠지."

"벌써 첫 '좋아요'를 받았어."

엄마가 공중에 주먹을 날리며 말했다. 그러고는 손가락으로 화면을 확대해서 보더니 헉 소리를 냈다.

"이 검은 얼룩 때문에 망했네. 달리느라 정신이 나가서 제대로 확인도 못 했어."

엄마가 허둥댔다. 나도 사진을 확인했다. 엄마가 말한 검은 얼룩은 엄마 머리 때문에 생긴 그늘이었다.

"엄마가 검은 얼룩을 만들었네. 괜찮아. 엄마는 '비의 연대기' 계정이랑 나를 창조한 사람이니까."

내가 웃으며 말을 이었다.

"기억나지? 우리 비상 상황일 때만 게시물을 지우기로 한 거."

"1초면 모든 사람이 다 보니까. 그래, 그래. 그건 우리 철칙이지."

"엄마, 계속 달리자."

나는 새어 나오는 웃음을 감추기 위해 엄마보다 앞서 출발했다. 엄마가 '비의 연대기' 게시물에 모습을 드러낸 건 이번이 처음이다. 이렇게 매주 달리기 연습을 하다 보면 엄마가 그림자 밖으로 나올지도 모른다.

엄마와 나는 뛰다 걷다 쉬다를 반복하며 한 바퀴 더 돈 뒤에야 집으로 돌아왔다. 엄마는 얼음 목욕이라도 할 기세였지만 대신 스무디로 만족하기로 했다. 엄마가 계속해서 게시물을 걱정했다. 하지만 이미 '좋아요'를 몇백 개나 받은 뒤였다. 토요일 아침은 '비의 연대기' 게시물에 '좋아요'와 팔로우 수가 늘어나는 날이었다. 그건 모두가 휴대폰을 들여다보며 여유를 누리고 있다는 뜻이었다.

엄마가 샤워하러 들어갔다. 나는 비 팔로우 방해 작전의 다음 단계에

111

착수했다. 이웃인 앤디 아저씨 아줌마네로 갔다. 얼마 전 아이를 얻은 두 분은 스너글스라는 고양이와 함께 살고 있다.

"안녕, 비. 지난번에 이야기했던 반려묘 데이트 때문에 온 거지?"

앤디 아저씨가 손을 흔들었다.

"네, 맞아요. 스너글스를 한 시간만 데려가도 될까요?"

"그럼. 이번 기회에 너희 어머니도 고양이를 들이기로 마음을 바꾸면 좋겠구나."

언젠가는 꼭 반려동물을 키우고 싶다는 마음만큼이나 인스타그램에서 탈출하고 싶은 마음 또한 진심이다.

"이게 도움이 될 거야. 고양이한테는 닌텐도 게임 같은 거지."

앤디 아저씨가 낚싯대처럼 생긴 고양이 장난감을 건넸다.

스너글스가 내 다리에 몸을 비볐다.

"가자, 스너글스."

나는 낚싯줄을 앞으로 흔들면서 스너글스를 안고 집으로 데려왔다. 엄마는 아직도 씻는 중이었다.

"스너글스, 거실에서 좀 기다리자."

하지만 스너글스는 내 말을 이해하지 못했다. 게다가 나도 고양이 말을 몰랐다. 스너글스는 내 방으로 향하는 계단을 뛰어올랐다. 털이 복슬복슬하고 뚱뚱한 고양이지만 자기가 원하는 곳으로 갈 때는 재빨랐다. 곧이어 엄마의 비명이 들렸다. 나는 소리가 난 곳으로 갔다. 욕실에 엄마가 머리와 몸에 수건을 두른 채로 서 있었다.

"미안해."

"뭐가 미안해?"

"음… 엄마를 소리 지르게 만든 거?"

"난 소리 지른 적 없어. 그냥 재채기한 거야."

"아, 그럼 감기 조심해."

욕실을 나가는 나를 엄마가 이상하다는 듯이 쳐다봤다.

"스너글스, 스너글스. 이리 와 야옹아, 어딨니 야옹아."

나는 목소리를 낮추고 애타게 스너글스를 부르며 방으로 들어갔다.

"스너글스!"

침대 밑을 살폈지만 고양이는 없었다.

엄마가 방문을 두드렸다. 여전히 수건을 두른 채였다. 엄마가 다시 재채기했다. 소리가 어찌나 큰지 자동차 경적이 울리는 것 같았다. 엄마가 이렇게 크게 재채기하는 건 처음이었다.

"괜찮아?"

"어… 나 아무래도 운동 알레르기가 있나 봐."

엄마가 코를 훌쩍이며 말했다.

"맙소사! 엄마, 그런 알레르기는 없어."

그때 엄마 머리 뒤쪽으로 책장 꼭대기에 앉아 있는 스너글스가 눈에 들어왔다. 저런 곳에 올라가다니, 스파이더 캣인가!

엄마가 다시 재채기했다. 그 소리를 누군가 자신에게 총이라도 쐈다고 착각했는지 스너글스가 책장에서 펄쩍 뛰어오르더니 엄마의 머릿수건을 덮쳤다. 그 장면은 마치 슬로 모션처럼 펼쳐졌다. 나는 공중에 날리는 스너글스의 털과 공포에 휩싸이는 엄마의 표정을 봤다.

"스너글스! 착하게 굴어야지. 앉아."

"얘는 개가 아니야, 비!"

놀란 엄마가 수건을 허공에 흔들면서 방을 나갔다. 스너글스가 그 뒤를 따랐다. 엄마는 계단을 하나하나 내려갈 때마다 재채기를 해 댔다. 나는 이 대혼란을 수습할 방법을 고민하며 둘의 뒤를 따라갔다.

엄마의 코는 빨갛게 달아올랐다. 크리스마스 전날 루돌프를 대신할 수도 있을 것 같다.

"스너글스가 우리 집에 어떻게 들어왔지?"

"내가 놀아 주려고 데려왔어. '토요일이다옹' 게시물로 올리려고."

엄마는 말만 들어도 코가 간지러운지 연거푸 재채기를 했다.

"고양이 알레르기인가 봐."

"미안해, 엄마. 이 아이디어는 영 좋지 않았네. 그래도 사진은 찍어 줄 수 있지?"

나는 간신히 스너글스를 팔에 안아 올렸다.

엄마는 고장 난 청소기처럼 킁킁거리면서 휴대폰을 찾았다. 재채기하는 틈틈이 사진을 찍기 위해 안정된 자세를 잡느라 다섯 번이나 다시 찍어야 했다. 불쌍한 우리 엄마.

엄마는 나에게 사진을 보여 줬다. 엄마를 대신해 내가 인스타그램에 사진을 올렸다.

"엄마, 어서 옷 갈아입어. 나는 스너글스를 데려다주고 올게."

"덩말 코마워."

엄마는 계단을 올라가며 연신 재채기를 했다. 나는 스너글스의 털을 쓰다듬었다.

"비 팔로우 방해 작전에 함께해 줘서 고맙다. 엄마가 집에 없을 때 다시 놀러 와."

스너글스에게 나직이 속삭였다.

달리고, 재채기하고. 엄마는 몇 년 동안 이렇게 활동적인 토요일을 보낸 적이 없었다. 나는 앤디 아저씨네 집에 스너글스를 데려다준 뒤 집에 돌아와 진공청소기로 고양이 털을 죄다 빨아들였다. 엄마가 아래층으로 내려왔다. 여전히 코가 내 안티 비 머리 색처럼 빨갰다.

"네 열정적인 모습이 정말 좋다, 비. 하지만 그런 걸 올릴 생각이었으면 나한테도 미리 말해 줬어야지."

"미안, 엄마가 고양이 털 알레르기가 있는 줄 몰랐어."

"나도 몰랐어. 어쨌든 오늘은 게시물을 더 올릴 필요 없을 것 같아. 여기서 끝내자."

엄마가 소파에 앉으며 말했다. 인스타그램 없는 하루라니. 비록 반나절이긴 하지만 이건 축복이다. 자연히 비 팔로우 방해 작전도 중지다. 강 같은 평화가 흘러넘쳤다. 마치 낮잠이라도 자는 듯 나른한 기분 좋음이 퍼져 나간다.

혹시 비 팔로우 방해 작전이 나까지 못살게 만들고 있던 걸까.

#13_블랙 스팟 레스토랑

　엄마는 소파에서 잠들었다. 나는 잘 생각이 없었기 때문에 방으로 가서 매티 엄마 사진을 스캔했다. 마지막 사진을 스캐너에 올리는데 방문을 두드리는 소리가 들리더니 문이 열렸다.

　"뭐 하고 있어?"

　"친구 좀 도와주느라고."

　"어머, 이거 매티 엄마 아니니?"

　엄마가 사진 한 장을 집어 들었다.

　"어, 맞아. 가족 역사에 관한 숙제가 있거든."

　"너도 가족에 관해 조사해야 해?"

　"음, 지금 막 역사 선생님한테 '비의 연대기' 계정 링크를 보내드렸는데, 엄마는 거기 없으니까 반쪽 짜리 숙제인 셈이지."

　내 안의 안티 비가 고개를 들었다.

　"내가 태어나기 전에 엄마가 어떻게 살았는지 들려주면 안돼?"

엄마가 조금만 더 마음을 연다면 자신이 얼마나 멋진 사람인지 알게 될 거다. 비록 이건 가짜 숙제긴 하지만 말이다. 나는 마지막 사진을 스캔한 뒤 파일을 유에스비에 저장했다.

"포키 삼촌이랑 피어 이모 페이스북에 들어가 봐."

엄마가 내 침대에 걸터앉으며 말했다.

"응, 그건 알아. 그분들이 멜버른에 살아서 자주 못 보니 아쉬워."

"맞아, 게다가 친척들은 다 중국에 살고 있으니."

엄마가 한숨을 내쉬었다.

"거기에선 페이스북도 인스타그램도 못 한다며."

그런 의미에서 중국은 나에겐 천국과 같은 곳이다.

"언젠가 꼭 중국에 가서 친척들을 만나 보고 싶어."

"거기 가면 배가 터질 때까지 먹고 또 먹게 할걸."

"혹시 아빠를 볼 수 있을까?"

내가 말했다.

아빠. 나의 사전에는 없는 단어다. 아빠 이야기가 나오면 나는 항상 엄마에게 똑같은 세 가지 질문을 던지는데, 엄마가 말해 주는 답도 정해져 있다.

"아빠는 어떻게 생겼어?"

1번 질문이다.

"넌 아빠의 들창코랑 둥그스름한 머리통을 빼닮았어."

엄마는 내 눈을 쳐다보지 않고 손가락을 공중에 더듬거리며 말했다. 옛날부터 들었던 대답이다. 나는 뭔가 새로운 걸 알고 싶었다.

117

"아빠 사진은 없어?"

2번 질문이다.

"네가 어렸을 때 다 버렸어."

엄마가 말했다. 엄마 뇌 속에 저장된 아빠 관련 자료도 몽땅 지워 버린 것이 확실하다.

"어딘가에 숨겨 둔 것도 없어?"

"없어."

엄마는 '그 얘기는 이제 그만'이라는 투로 딱 잘라 말한다. 3번 질문은 묻기도 어렵다. 내가 몇 년 전에 종이에 적어서 보관함에 넣어 둔 질문이다. 하지만 오늘은 내 안의 안티 비가 용기를 줬다.

"아빠는 왜 우리를 떠났어, 엄마?"

"나도 알고 싶어, 비."

엄마가 고개를 떨궜다. 어렸을 때 들었던 대답과 다르지 않다. 그러니 놀랄 것도 없다. 그렇다고 마음이 덜 아픈 것도 아니다.

'비의 연대기' 16만 팔로워들 중 내가 느끼는 고통을 조금이라도 아는 사람은 단 한 명도 없을 것이다. 나는 할로윈은 우습지만 아버지의 날은 겁난다. 그날엔 정말 아빠 유령이 나타날 것만 같다. 팔로워들에게 이런 내 속마음을 털어놓아도 그들이 나를 계속 팔로우 할지 궁금하다. 예를 들면 애너벨과 애너벨 아빠가 손으로 오리 주둥이를 만들고 뽀뽀를 할 때마다 짜증이 나는 기분을 감추기가 얼마나 힘든지, 친구들이 아빠 이야기를 아무렇지도 않게 할 때 어색함을 참느라 안간힘을 쓴 적이 얼마나 많은지 말이다.

팔로워들이 보는 아픈 모습은 내 무릎에 난 상처나 배탈이 난 모습 정도다. 난 '비의 연대기'에 올라가는 내용은 딱 그 정도라고 생각한다. 우리는 팔로워들이 보고 싶어 하는 것을 보여 줄 뿐이다.

월요일 수업이 모두 끝난 뒤, 나는 과학실 벽에 무심히 기대서서 매티를 기다렸다. 별 모양 선글라스를 끼고 매티가 부탁한 사진과 유에스비가 들어 있는 반짝이는 보랏빛 봉투를 손에 들고서.

"나 의심스러워 보이냐?"

매티가 다가오자 내가 물었다.

"전혀. 나보다 스파이 복장을 훨씬 잘 소화하는데."

"스파이 복장이라고? 난 햇빛이 싫어서 이러고 있는 거야."

나는 매티에게 슬며시 봉투를 건넸다.

"그래… 이 봉투는 엄청나게 비밀스럽네. 우리 엄마가 절대 의심하지 않겠어! 어쨌든 비, 진짜 고맙다."

"꼭 잘 풀리길 바랄게, 매티."

매티가 열정적으로 고개를 끄덕이더니 나에게서 멀어져 갔다. 나는 애너벨을 발견하고 손을 흔들었다.

"애너벨, 나 뱃속에 밀크세이크 구멍이 뚫렸나 봐. 집에 바로 갈까, 아니면 캔디스 카페에 들릴까?"

"월요병 특효약을 먹으러 가야지."

애너벨이 입술을 핥으며 말했다.

우리는 간식을 먹으려고 몰려가는 아이들의 무리에 끼어들었다. 아이들 대부분은 '불 뿜는 닭' 가게에 들러 2달러짜리 매운맛 감자 칩을 샀다. 학교 주변의 가게들은 배고픈 학생들을 위해 값싼 간식을 팔고 있다. 캔디스 카페는 교복을 입고 가면 음료당 1달러를 할인해 준다. 그것 때문에 나는 주말에도 교복을 입고 싶은 충동을 느끼곤 한다.

우리는 막 다이노 버거 가게로 들어가려는 브라이언을 불러 세웠다.

"비, 애너벨, 안녕."

"오늘은 또 어떤 괴상한 햄버거를 먹을 거야?"

내가 물었다.

"리바사우러스 버거를 재판매하는데, 그게 오후 4시면 품절이 돼. 이번엔 놓치지 않으려고."

브라이언이 대답했다.

"너 정말 애쓰고 있구나."

내가 천천히 고개를 끄덕이며 말했다.

"나는 만능 크리에이터가 되고 싶어. 내가 생각하는 만능 크리에이터는 유튜버랑 인스타그램 스타야."

브라이언이 말했다.

"우리 엄마도 만능 크리에이터가 되고 싶어 하는데. 너랑 다른 점이 있다면 만능이 내 몫이길 바란다는 거야. 나는 그게 싫어."

"만능인 게 싫다고? 왜?"

"나는 엄마가 자신만의 취미를 가졌으면 좋겠어. 그리고 내 모든 즐거

움을 세상 사람들과 나누지 않아도 된다면 더 행복할 거야."

"난 슬라임 전문가가 되고 싶어."

애너벨이 폴짝폴짝 뛰며 말했다.

"나는 온종일 캘리그래피만 하고 싶어. 하지만 엄마는 내가 그러면 팔로워들이 나를 4차원이라고 생각할 거래."

"네 팔로워들 전부가 4차원에서 온 외계인들이 아니라면."

브라이언이 씩 웃었다.

"너야말로 4차원이야. 늘 햄버거를 입에 달고 살면서 어떻게 그렇게 말랐냐?"

"아, 그건 내 초능력 덕분이지."

브라이언이 웃었다.

"말도 안 되는 소리 한다."

"지금은 그렇게 말해도 거대 햄버거 괴물이 이 도시를 공격하면, 도와달라고 부를 사람은 나뿐일걸."

우리는 브라이언과 헤어진 뒤 밀크셰이크를 사기 위해 캔디스 카페로 향했다. 그곳에는 스무 가지도 넘는 밀크셰이크가 있다. 엄마는 늘 딸기나 바나나 맛을 먹으라고 하지만 안티 비는 풍선껌 맛을 좋아하기 때문에 오늘은 풍선껌 맛 밀크셰이크를 주문했다. 이걸 먹고 있는 나를 엄마가 본다면 기겁을 하겠지. 엄마는 파란색 우유는 금지되어야 한다고 생각한다.

"우리 잠깐 도서관에 들러도 될까?"

나는 조금밖에 남지 않은 풍선껌 맛 밀크셰이크를 마지막 한 방울까지 빨아올리면서 말했다.

"학교 도서관에 있는 스파이 소설은 벌써 몽땅 대출한 거 아니었어?"

애너벨이 고개를 끄덕이며 물었다.

"맞아. 요즘 팔로우 방해 작전을 위한 연구를 진행 중이거든."

도서관은 길모퉁이를 돌아가면 있다. 그곳은 다양한 나이대의 사람들이 공부나 독서 외에도 여러 가지 일을 도모하는 곳이다. 나는 게시판에서 모임이나 클럽에서 붙여 놓은 색색의 광고지를 훑어봤다.

"책 말고 엄마가 들어갈 수 있을 만한 모임이 있을까 해서 한번 보려고."

"뜨개질 클럽은 어때?"

애너벨이 말했다.

"우리 엄마는 예전에 바늘에 실을 꿰느라 꼬박 한 시간 동안 안간힘을 썼지. 결과가 어땠는지 알아? 실을 꿴 바늘은 0개. 엄마 손가락에 난 바늘 구멍은 5개였지."

"운동 모임은?"

"컬러런에 참가하기 위해서 맹훈련 중이야. 여기 봐, '메리 글리 클럽'이 있어."

"글리? TV 드라마에 나오던 합창단?"

"맞아. '새로운 친구를 만나세요. 오디션은 없습니다. 그냥 와서 함께 노래 불러요!'라고 써 있어."

내가 포스터의 글귀를 읽었다.

이건 완전히 엄마를 위한 클럽이다. 나는 포스터를 찍어서 바로 엄마에게 보냈다. 그리고 사진 모임, 제과제빵 동호회 포스터 사진도 몇 장 찍어 보냈다.

엄마가 '비의 연대기' 대신 자신에게 관심을 갖는다면 인스타그램에도 자신의 이야기를 올리게 될 거다.

"너에게는 '비 동호회'가 있으면 좋겠다."

애너벨이 말했다.

"나를 좋아하는 사람은 지금도 충분한걸. 슬라임 동호회는 어때? 거기서는 네가 회장이 될 수 있어."

내가 웃으며 말했다.

"학교에 슬라임 동아리가 없다니 정말 믿을 수가 없어. 비, 너는 내가 동호회를 만들면 들어올 거지?"

"물론이지."

내가 대답했다. 속으로는 슬라임에 꽂힌 아이는 아무도 없을 거라고 생각했지만 말이다. 이제 다들 그런 건 초등학생 때나 하는 거라고 생각한다. 나도 이젠 슬라임 만들기에 그다지 흥미가 없다. 내가 슬라임을 만드는 이유는 오직 애너벨 때문이다. 이건 쪽지에 적어서 보관함 속에 던져 넣어야 한다. 애너벨은 절대 알아서는 안 된다.

###

집으로 돌아와서 한쪽 눈으로는 숙제를, 다른 한쪽 눈으로는 휴대폰을 흘금거리면서 인스타그램을 훑었다. 엄마가 좋아하는 알렉 마 셰프의 소식이 보였다. 엄마는 작년 〈마스터셰프〉 쇼를 보다가 탑 파이브에 진출한 알렉 마 셰프의 팬이 되었다. 알렉 마 셰프는 독특한 스타일로 유행을 이끌었는데, 뭔가 이 세상 음식이 아닌 듯한 실험적인 요리들을 선보였다. 그런 요리 덕에 알렉 마 셰프 계정은 팔로워가 8만 명에 이르렀다. 인스타그램 스토리에 알렉 마 셰프의 영상이 올라왔다는 알림이 울렸다. 알렉 마 셰프가 근처에서 블랙 스팟이라는 팝업 레스토랑을 연다는 내용이었다. 게다가 오늘 저녁 한정이라니! 이런 이벤트를 놓칠 수는 없다. 내 '비의 연대기' 촉이 찌릿찌릿 신호를 보냈다. 나는 엄마에게 메시지를 보냈다.

엄마는 집에 오자마자 나에게 달려들었다.

"블랙 스팟 얘기 진짜니? 인스타그램 스토리는 벌써 내렸더라."

"내가 분명히 봤어. 엄마, 지금은 행동해야 할 때야!"

"비, 인스타그램용 옷 입을 거지? 오늘 밤엔 태그를 삼중으로 달아서 글을 올릴 거야."

"알았어, 입을게."

엄마가 집 밖으로 나가기만 한다면 나는 뭐든 할 수 있으므로 재빨리 옷을 갈아입었다. 우리는 블랙 스팟 레스토랑으로 향했다.

레스토랑 앞에 길게 이어진 줄에 서서 한참을 기다린 뒤, 드디어 입장을 하려는데 엄마가 내 팔을 덥석 잡았다.

"저기, 알렉 마 셰프야! 실제로 보는 날이 오다니."

"당연하지, 여긴 그 아저씨 가게잖아."

"가까이에서 보니까 키가 좀 작아 보인다."

엄마가 휴대폰을 꺼내더니 알렉 마 셰프를 찍으려고 했다. 그러자 마른 체형의 여자가 마치 경호원처럼 앞을 막아섰다.

"죄송합니다, 손님. 오늘 저녁에는 사진 촬영을 할 수 없습니다."

여자는 검은색 상자를 우리에게 내밀었다.

"휴대폰이나 카메라는 이곳에 넣어 주세요."

"아, 알겠다. 디지털 기록이 불가능한 곳이라서 블랙 스팟이구나!"

나는 손가락을 튕겨 딱 소리를 냈다. 엄마 뺨이 살짝 떨렸다. 마치 방과 후에 남아서 벌을 받으라는 말이라도 들은 것 같았다.

"진짜요? 응급 상황이라도 발생하면 어쩌려고…."

"죄송합니다, 손님. 입장하시려면 규칙을 따라 주서야 합니다."

"네, 알겠어요."

엄마가 한숨을 쉬며 휴대폰을 박스에 넣었다. 올해 초, 학교에서 처음으로 휴대폰을 걷었을 때 에밀리의 모습이 떠올랐다. 차라리 유치원 입학 날 부모와 떨어지는 꼬마들의 집착이 덜할 것 같았다.

우리는 식당 한가운데 자리한 식탁에 앉았다. 엄마가 주변을 둘러봤다. 혹시라도 휴대폰을 가진 사람은 없는지 확인하려는 듯했다.

"난 괜히 차려입었나 봐. 그냥 운동복 입고 왔어도 됐을 텐데!"

내가 엄마 손을 살짝 잡으며 말했다.

"소이 시럽을 뿌린 오리고기 와플? 크리미 초콜릿 치킨?"

엄마가 메뉴를 살폈다.

"알렉 마 셰프가 내 요리에서 영감을 받았나 봐. 기분 나쁘지 않은걸."

종업원이 주문을 받아 갔다. 엄마가 물을 한 모금 마시고는 의자에 몸을 기댔다. 불만이 있는 표정이었다.

"이해가 안 되네. 인스타그램에 올리지도 못할 거면 외식할 이유가 없잖아?"

엄마가 잠깐 생각하더니 말을 이었다.

"하지만 이렇게 음식을 기다리면서 함께 이야기 나누는 건 오랜만인걸."

"그럼 대화를 한번 해 보자. 엄마, 메리 글리 클럽에 가입하는 건 좀 생각해 봤어?"

엄마가 눈을 위로 치켜뜨면서 황당하다는 표정을 지었다.

"진심이니, 비? 글리 합창단에 들어가라고?"

"새로운 친구들이 당신을 기다리고 있습니다."

나는 포스터의 문구를 읊었다.

"글쎄…."

"나는 도전하는 금요일에 온갖 것들을 다 했는데도 아무 탈 없이 말짱하잖아. 태권도 수업만 빼고. 그걸 하다가 생긴 흉터가 허벅지에 아직도 남아 있어!"

엄마가 자신의 빈 손바닥을 빤히 바라봤다. 엄마의 습관이다.

"네가 뭘 하고 있는지 나도 알아, 비."

나는 침을 꿀꺽 삼켰다. 비 팔로우 방해 작전이 들킨 건가?

"넌 내가 외롭다고 생각하지? 내가 혼자 고양이 수십 마리를 키우면서 사는 할머니가 될까 봐 걱정하는 거잖아."

"고양이를 키우면서 재채기하는 할머니겠지."

"내가 남자친구라도 사귀면 좋겠어?"

남자친구라니. 내 사전에서 먼지 쌓인 채 방치된 또 다른 단어다. 엄마 사전에서도 다르지 않을 거다. 아빠가 떠난 뒤로 엄마는 두 명의 남자친구를 사귀었는데 두 번 다 내가 아주 어렸을 때였다. 엄마는 그 뒤로 데이트를 한 적이 없다. 만약 엄마가 누군가를 만난다면, 엄마는 자기 이야기를 인스타그램에 올릴 백만 가지 이유가 생길 것이다. 하지만 그렇게 되기까지 백만 년은 걸릴지도 모른다.

"난 그냥 엄마가 사람들을 더 만났으면 좋겠어."

"노래를 부르면 확실히 스트레스가 풀리지… 좋아, 해 볼게! 새 친구들을 사귈 수 있을지는 장담 못 하겠지만."

"좋았어! 잘 생각했어, 엄마."

비 팔로우 방해 작전의 또 다른 목적이 제자리를 찾았다. 나는 칙허브에서 협찬 받은 치마가 불편해서 가만히 앉아 있기조차 힘들었다. 칙허브도 스텔라만큼이나 큰 패션 회사라는 에밀리의 인증 따위는 필요 없다. 나는 그저 내가 입던 청바지가 너무나 절실했다. 읽을 책도 한 권 있으면 얼마나 좋을까. 엄마와 같이 책 빨리 읽기 내기를 할 수도 있을 텐데 말이다. 대신 엄마와 나는 스무고개를 몇 판 했다. 그런 다음 소금과 후추 병으로 체스를 두려던 참에, 우리가 시킨 캐러멜 타코 요리가 나왔다.

엄마는 사진을 찍으려고 자리에서 일어섰다가 곧 휴대폰이 없다는 사실을 깨달았다. 엄마만 그런 건 아니었다.

"비, 펜 가지고 왔니? 여기 냅킨을 이용해 보자."

엄마가 인상을 썼다. 나는 타이포에서 받은 공책과 복슬복슬한 깃털이 달린 펜을 가방에서 꺼내 엄마에게 건넸다.

"음식을 스케치해 두려고?"

"이렇게라도 해야 기억이 날 것 같아."

연이어 기상천외한 음식들이 나왔다. 오리고기 와플과 바삭한 캐러멜 만두는 끔찍하리만치 맛있었다.

"구역질이 나지 않다니 놀라워."

"진짜 배부르게 잘 먹었다! 우리가 이걸 해내다니! 인스타그램에 올리지는 못하겠지만."

엄마가 이쑤시개를 들고 말했다.

"여기다 저장해 두면 되지."

내가 머리를 톡톡 두드렸다. 엄마가 계산서를 달라고 했고, 계산서가 담긴 봉투가 식탁 위에 놓였다. 엄마가 봉투를 열자 그 안에는 우리가 먹었던 음식을 찍은 폴라로이드 사진이 함께 있었다.

"알렉 마 셰프님, 머리 잘 쓰셨는데!"

엄마가 손뼉을 쳤다.

우리는 레스토랑 문 앞에서 휴대폰을 돌려받았다. 엄마는 휴대폰에 입이라도 맞추고 싶은 충동을 가까스로 참는 눈치였다.

"레스토랑 바깥에서는 사진 찍어도 되죠?"

엄마가 계산대에 앉은 직원에게 물었다.

"물론입니다."

"좋아, '비의 연대기'에 올릴 수 있겠어!"

엄마가 주먹을 공중에 휘둘렀다.

"잠시만요, 비라고 하셨나요?"

직원이 나를 보고 눈을 빠르게 깜빡이더니 다시 말했다.

"죄송해요, 제가 못 알아봤네요."

"어, 괜찮아요."

"여기서 잠시만 기다려 주시겠어요?"

직원이 부엌으로 급히 들어가더니 알렉 마 셰프와 함께 나왔다.

"안녕, 비. 만나서 반갑다!"

마 셰프가 말했다. 순간 엄마와 내 얼굴이 한 쌍의 붉은 장미처럼 빨갛게 달아올랐다.

"어머머머! 안녕하세요, 셰프님. 제 딸이 마 셰프님 팬이에요."

"저희 엄마는 셰프님의 광팬이에요. 오늘 음식 정말 맛있었어요. 혹시 잼 국수 만드실 생각은 없으세요?"

"으으음, 그런 생각은 없지만 그 아이디어에서 뭔가 시작해 보는 것도 괜찮겠구나. 우리 셀카 찍을까?"

알렉 마 셰프가 앞치마에 손을 닦았다.

"네!"

엄마가 정신을 잃기 전에 서둘러 찍어야 했다. 알렉 마 셰프가 엄마의 휴대폰으로 우리 셋이 한 화면에 나오도록 사진을 찍었다.

"블랙 스팟 안에서 찍은 유일한 사진의 주인공이 되었네."

마 셰프는 엄마가 한 장 더 찍어도 되냐고 묻기도 전에 부엌으로 들어가 버렸다. 레스토랑에 들어가기 위해 길모퉁이를 돌아 길게 줄지어 선

사람들 옆을 지나쳐 가면서 엄마가 사진을 들여다봤다.

"가게 조명이 정말 최악이다. 나중에 보정을 좀 해야겠어."

엄마가 발을 헛디디거나 엉뚱한 길로 가지 않도록 나는 집에 오는 내 내 열심히 입으로 경고음 소리를 내야 했다.

엄마는 문을 밀치고 집에 들어가자마자 알렉 마 셰프와 찍은 사진 보정에 몰두했다. 그러고는 사진이 밝고 생생해 보일 때까지 여러 가지 필터를 적용하고 조정하는 대공사를 시작했다.

"딱 좋아, 엄마. 올리자!"

"너랑 마 셰프만 나오도록 사진을 잘라야겠어."

엄마가 말했다.

"그냥 올리자. 사람들이 엄마 좀 보면 어때?"

"각도가 영 안 좋아. 내 얼굴은 달덩이처럼 나왔고…"

"그래, 엄마. 결정은 엄마가 하는 거지."

나는 방으로 와서 인스타그램을 확인했다. 사진엔 알렉 마 셰프와 나만 나와 있었다. 엄마는 사진 가장자리를 흐릿하게 만들어서 자기 모습을 감췄다. 솜씨가 끝내줬다. 나는 흐릿한 자신의 모습을 보는 엄마가 어떤 마음일지 궁금했다. 이렇게나 희미한 존재라니.

다음 날 아침, 알렉 마 셰프와 찍은 사진은 엄청난 '좋아요' 수를 기록했다. 블랙 스팟에서 찍은 유일한 사진이었기 때문에 퍼져 나가는 속도도 굉장했다. 음식 관련 인스타그램을 팔로우 하는 사람들과 레스토랑을 소개하는 계정들이 우리 사진을 이용해 후기를 올렸다. 이 모든 상황은 '비의 연대기'에 큰 도움이 되었고 새로운 팔로워도 늘어났다.

반면 비 팔로우 방해 작전에는 커다란 걸림돌이 되었다. 나는 이 작전을 필사적으로 진행해야 하는데, 그럴수록 엄마는 자신을 보관함 속에 더 깊숙이 넣어 둘지도 모르겠다.

#14_도전

학교에서 브라이언은 늘 그렇듯 내가 '좋아요'와 팔로워를 얼마나 쉽게 얻는지를 부러워했다.

"이것 좀 봐. 내가 올린 리바사우러스 버거 게시물은 '좋아요'가 겨우 56개야."

쉬는 시간에 브라이언이 휴대폰을 확인하며 말했다. 나는 브라이언 어깨 너머로 게시글 아래 달린 댓글을 살펴봤다.

"이 댓글을 남긴 티-렉스는 누구야? '딱하네, 버거운 브라이언'이라고 써 놨어."

브라이언이 앓는 소리를 냈다.

"햄버거를 좋아하는 사람인데, 맨날 나한테 악플을 달아."

브라이언이 티-렉스의 인스타그램으로 들어갔다.

"자기는 별 희한한 햄버거들을 다 먹어 봤다면서 나보고 왕초보래."

나도 휴대폰을 꺼내서 티-렉스의 인스타그램을 확인했다. 브라이언이 한 말은 거짓이 아니었다. 티-렉스가 올린 몇몇 햄버거 사진은 고기로 만든 젠가 탑으로 착각할 정도였다. 녹은 치즈와 소스가 폭포수처럼 흘러내리는 햄버거 사진을 보니 속이 더부룩했다.

"그런 사람은 신경 쓰지 마, 브라이언. '비의 연대기'에도 악플러가 우글대는데 우린 그냥 무시해 버려."

"그런 놈한테는 닥치라고 말해 줘야지."

매티가 브라이언을 팔로 툭 쳤다.

"감정적으로 대하는 건 싫어. 버거그램에 댓글 다는 사람들은 대부분 친절하거든."

"네가 안 하면 내가 할 거야. 내 친구를 괴롭히는 녀석은 가만 안 돼."

"매티, 그런 생각은 하지도 마. 우리는 그냥 목표에만 집중하면 돼."

브라이언이 단호하게 말했다. 매티는 사소한 일에도 욱하는 경향이 있다. 페이스북에 올라온 자신의 어릴 적 사진을 핫산이 놀리자 헐크로 변할 뻔한 것도 그런 성격 탓이다.

학교를 마치고 애너벨을 집으로 데려와서 새로 들어온 인스타그램용 옷을 대방출했다. 유튜브 찍을 때 입을 옷을 고르게 하기 위해서였다.

"네가 알렉 마 셰프를 만났다니 믿을 수가 없어."

"엄마도 그렇게 말하더라."

"맞아, 그랬겠다."

애너벨이 옷장 속을 뒤적이다가 몇 벌 골라 침대 위에 펼쳐 놓으며 말했다.

"와, 멋지다. 이건 네 인스타그램에서 본 적 없는 옷들인데."

애너벨은 침대 위에 3개의 옷더미를 만들었다. 아니, 3개가 끝이 아닌 모양이다. 옷을 고르는 데 꽤 시간이 걸릴 듯하다. 생각해 보니 나는 일부러 옷을 사러 쇼핑을 간 적이 없었다. 나는 그런 게 재미가 없다.

애너벨은 이 옷 저 옷 입어 보면서 거의 한 시간을 보냈다.

"첫 영상이니 좋은 인상을 주고 싶어."

"걱정하지 마, 슬라임 만들다 보면 이야기가 샘솟을 테니까."

"뭔가 튀어 보여야 할 것 같아서. 슬라임 만드는 계정이 한두 개여야 말이지."

"네 슬라임 만들기 재능을 믿어 봐. 그냥 여기 꺼내 놓은 옷을 다 가져가서 전부 입어 보는 건 어때? 그중 가장 마음에 드는 걸 골라서 영상 찍을 때 입으면 되잖아."

내가 침대 위에 쌓인 옷더미들을 가리켰다.

"비, 고마워. 넌 정말 최고야. 이번 영상 찍는 일, 진짜 재미있을 거야."

애너벨이 살포시 웃었다. 나는 애너벨에게 옷을 넣어 갈 작은 상자를 가져다줬다. 이번 한 번만 내가 도와주면 애너벨도 힘이 나겠지. 엄마처럼 애너벨도 자신을 위해 한 발 내디딜 때다.

다음 날 학교에서 핸드볼을 하고 싶었던 나는 매티와 브라이언이 2학년들과 하는 핸드볼 경기에 함께 뛰었다. 애너벨은 경기장 옆에서 응원했다. 브라이언이 강타를 날리려는데 운동장 반대편 어딘가에서 커다란 목소리가 들려왔다.

"야, 버거 브라이언!"

"어라?"

브라이언은 공을 받아 치려던 그대로 얼어붙었다. 날아오던 공이 브라이언의 무릎을 쳤다.

거대한 볼링공이 브라이언을 향해 굴러오고 있었다. 아니, 그건 2학년 학생이었다. 그 학생은 브라이언을 쓰러뜨리고 나머지 볼링 핀들마저 죄다 넘어뜨릴 기세로 다가왔다.

"어디, 그 말 내 앞에서 다시 해 보시지."

"무슨 말이요?"

브라이언이 슬금슬금 옆 걸음질 쳤다.

"시치미 떼지 마. 내 인스타그램에 댓글 달았잖아. 내 앞에서 그대로 말해 보라고."

2학년 남학생이 브라이언 앞에 서서 그림자를 드리웠다.

"난 형이 누군지도 모른다고요…"

"내가 그랬어요."

브라이언과 2학년 남학생의 배 사이로 매티가 끼어들었다.

"넌 버거 브라이언이 아니잖아."

"네, 하지만 브라이언을 대신해서…"

"잠깐, 그럼 형이 티-렉스예요?"

브라이언이 말했다.

"그래, 맞아. 내 이름은 타이론이지. 속일 생각이야? 여기 네가 이렇게 썼잖아."

타이론이 휴대폰을 꺼냈다. 손바닥 위에 놓인 휴대폰이 미니어처 같아 보였다.

"그렇게 햄버거를 많이 먹을 수 있는 건 네 콩알만 한 공룡 뇌에 산소가 별로 필요 없기 때문이지."

타이론이 부들거리며 댓글을 읽었다.

"소리 내서 읽으니까 훨씬 낫네요."

매티가 자기 머리를 쓰다듬으며 말했다.

"과연 그럴까…. 너희 둘 다 햄버거 패티처럼 될 때까지 흠씬 두들겨 맞을 각오는 했겠지. 메리포드 중학교에서 누구도 햄버거 제왕을 막지 못해."

"햄버거 제왕이라니. 상징적이긴 하네요."

내가 타이론 앞쪽으로 나서며 말했다.

"저리 비켜, 비. 안 그러면 네 다음 '비의 연대기' 게시물은 병실에서 올리게 될 거야."

"비는 그냥 둬요."

브라이언이 내 앞으로 나섰다. 그 바람에 우리는 일렬로 줄지어 선 모양새가 되어 서로를 붙잡고 기차 놀이를 해도 될 것 같았다.

"좋아, 버거 브라이언…."

타이론이 자기 휴대폰을 들어 올리더니 우리 주위로 몰려든 아이들을 촬영하기 시작했다.

"너에게 햄버거 먹기 시합을 제안하겠다!"

타이론이 휴대폰으로 자신을 찍으며 말을 이었다.

"친구들이 매점에서 햄버거를 사 올 거다. 누구든 더 많이 먹는 사람만이 계속 인스타그램을 하는 거야."

"뭐라고요?"

브라이언이 펄쩍 뛰었다.

"들었잖아. 네가 시합에서 지면 버거 브라이언 계정은 영원히 사라지는 거라고."

브라이언이 입을 꽉 다물었다. 타이론이 빙긋 웃었다.

"승낙의 뜻으로 받아들이지. 포기하기 없기다."

타이론은 자기 휴대폰에 대고 소리를 지르더니 쿵쿵거리며 가 버렸다.

"저 형 미친 거 같아."

매티가 말했다.

"이게 다 너 때문이잖아."

브라이언이 매티의 왼쪽 어깨를 후려쳤다. 평소보다 감정이 실려 있는 타격이었다.

"더 심한 댓글을 달기 전에 싹을 잘라 버릴 생각이었지."

매티가 변명을 했다.

"싹을 잘라 버리려다가 고질라를 만들었네. 난 이제 끝났어…"

브라이언이 우는소리를 했다.

"이 일을 네가 버거 스타가 되기 위한 기회라고 생각해. 네가 티-렉스를 꺾는다면 메리포드 중학교의 햄버거 제왕은 바로 네가 되는 거야!"

매티가 말했다.

"나는 햄버거를 먹고 후기를 올려. 많이 먹기를 시합하는 계정이 아니라고."

브라이언이 배를 문질렀다.

"내가 너 먹는 걸 봤잖냐. 자제하고 있다는 거 다 알아. 너의 진정한 능력을 보여 줘!"

"그런 식으로 어물쩍 넘어가려고 하지 마라."

"나도 널 믿어."

내가 한마디 했다.

브라이언이 억지웃음을 지어 보였다. 불쌍한 브라이언. 브라이언은 과연 자기만의 방식으로 이 시합을 헤쳐 나갈 수 있을까. 이 와중에 나는 브라이언이랑 내가 처지가 바뀌었으면 좋겠다는 생각이 들었다. 누군가 내 인스타그램 계정을 닫게 만들어 줬으면 좋겠다. 학교에서 엄청난 창피를 당하더라도 말이다.

###

토요일 아침이 되었다. 엄마와 함께 훈련을 시작한 지 3주째다. 엄마의 달리기 속도가 조금 빨라졌다. 엄마를 침대에서 나오게 하는 데에는 커피 한 잔이면 충분하다. 우리는 빨리 걷다가 뛰다가를 반복했다. 엄마는 달릴 때 노래도 불렀다. 엄마랑 있으면 음악 앱 따위는 없어도 된다.

호숫가를 세 바퀴 돌았다. 엄마가 운동 모드로 바꿔 놓은 휴대폰을 확인했다.

"쉬지 않고 거의 3킬로미터를 뛰었어."

엄마 말에 내가 양손 엄지를 세워 보였다. 나 또한 엄마가 사진을 찍으려고 멈추지 않았다는 데 감동을 받은 터였다.

"컬러런 대회까지 한 달밖에 안 남았어."

"네 생일 바로 다음 날이잖아. 그러니까 생일날 과식하면 안 된다는 뜻이지."

"엄마, 그게 말이 된다고 생각해? 생일 다음 날 대회라는 사실이야말로 과식할 완벽한 이유잖아. 잔뜩 먹고 다음 날 뛰어서 에너지를 소비하면 되니까."

내가 웃으며 말했다.

요즘 엄마는 어느 때보다 활기가 넘쳤다. 밤에는 메리 글리 클럽에 가입하러 들르겠다고 흔쾌히 결정했다. 일을 마치고 바로 클럽으로 갈 계획이었기 때문에 엄마는 내가 저녁으로 먹을 파스타를 만들어 두었다. 잼 국수와 생선 맛 너겟 사건 이후로 엄마는 내 요리 실력을 믿지 못하는 눈치였다. 그건 엄마를 탓할 일이 아니긴 했다.

밤에 집에 혼자 있자니 기분이 이상했다. 방에서 생일 초대장을 만드는데 왠지 으쌀한 느낌이 들었다. 계단을 내려와 거실에 앉아 닌텐도 스위치 게임을 했다. 얼마 지나지 않아 현관 밖에서 엄마가 흥얼거리는 소리가 들렸다. 그제야 마음이 놓였다. 엄마가 사뿐한 걸음으로 내 곁으로 왔다.

"어땠어?"

내가 물었다.

"끝내줬지! 연령대가 아주 다양하더라. 바로 적응했어."

엄마가 높은 음으로 노래하듯 말했다.

"무슨 노래를 불렀어?"

내가 고개를 끄덕이며 다시 물었다.

"〈사운드 오브 뮤직〉이랑 〈메리 포핀스〉에 나오는 노래 몇 곡을 불렀지. 시간이 어찌나 빨리 가던지."

"그럼 다음 주에도 갈 거야?"

"당연하지. 뭐랄까, 내 성대를 단련하는 시간이니까."

"그걸 인스타그램에 올리는 건 어때?"

내가 일어서서 말했다.

"왜 그래야 해? 네가 함께 노래 부르는 것도 아닌데."

"그게 무슨 상관이야, 엄마. 페이스북에 엄마 이야기를 올려 봐."

"싫어."

엄마가 핸드백을 소파 위에 던졌다.

"그럼 트위터에 올리는 건 어때? 온 세상 사람들에게 자랑해도 나는 상관 안 할게."

"세상 사람들은 내 지루한 일상에 관심 없어."

엄마가 시큰둥한 표정으로 나를 봤다.

"그럼 사람들이 내 일상이 흥미로운 이유는 뭘까? 나도 그냥 평범한 아이잖아."

"아냐, 넌 빛나는 나의 별이야."

엄마가 내 머리를 쓰다듬었다. 나는 엄마 손을 떼어 내고 방으로 돌아왔다. 엄마는 화성이랑 무척 닮았다. 화성 표면 아래에는 생명의 흔적이 있다. 화성이 흙과 먼지를 걷어 내고 온 우주에 자신의 생명력을 드러내게 하려면 대체 무엇을 해야 할까?

#15_분열

오늘은 일요일이다. 애너벨이 첫 유튜브 영상 찍는 일을 도와주기로
한 날이기도 하다. 애너벨은 잔뜩 긴장했지만 태연한 척했다.

"옷 잘 골랐다!"

나는 애너벨이 입은 해바라기가 그려진 셔츠 소매를 매만져 줬다.

"고마워, 비. 넌 정말 좋은 친구야."

나는 애너벨을 도와 탁자 위에 책을 몇 권을 쌓고, 그 위에 노트북을
올려 높이를 맞췄다.

"이제 노트북 카메라를 켤게. 브라이언이 편집을 도와준대."

내가 촬영 버튼을 눌렀다.

"좋아, 녹화 시작한다."

애너벨이 입을 열었다.

"안녕하세요, 저는… 음….."

"애너벨이에요."

내가 거들었다.

"아니, 그건 내 이름이지."

"그래, 나는 네 작업을 도와주는 비이고."

"맞다, 그렇지. 우리 다시 찍을까?"

애너벨이 정신을 차리고 말했다.

"그러자, 긴장하지 마. 내가 옆에 있잖아."

내가 애너벨의 손을 살짝 잡았다.

"알았어. 이번엔 제대로 할게."

"좋아, 두 번째 촬영 들어간다."

"안녕하세요, 제 영상을 보러 와 줘서 고마워요. 저는 슬라임을 만드는 애너벨…"

애너벨이 자기 이름을 웅얼댔다.

"더 크게. 사람들이 네 이름을 못 알아들을 거야."

나는 손목시계를 봤다. 이렇게 하다가는 하루가 다 갈 것 같다.

"내가 먼저 네 소개를 한 다음에 네가 이어받으면 어때?"

"그거 괜찮다."

애너벨이 내 제안에 동의했다.

"레디, 액션!"

나는 감독이라도 된 양 카메라를 향해 외쳤다. 그러고는 잠깐 멈췄다가 미소를 지으며 인사했다.

"안녕, 여러분! 슬라임 만드는 애너벨의 영상을 보러 와 줘서 고마워요. 저는 애너벨의 친구 비입니다."

"저는 애너벨이에요!"

애너벨이 웃으며 인사했다.

"오늘 만들 슬라임은 어떤 건가요?"

"거미 똥 슬라임을 만들려고 해요."

"진짜요?"

나는 눈썹을 추켜세웠다.

"거미줄이 섞인 슬라임이에요. 몇 주 동안 혼자 만들었는데, 이젠 세상에 공개할 차례가 되었군요."

애너벨이 괴팍한 과학자 같은 표정으로 웃었다. 하지만 실제로는 어딘가 허술한 요정 같았다. 나는 애너벨을 쿡 찌르며 카메라를 보라는 신호를 보냈다.

"멋져요! 그럼 이제 뭘 할 건가요?"

"거미 똥을 만들 거예요."

"아니, 지금 뭘 하냐고요!"

"너한테 말하고 있잖아, 비."

새로운 접근법이 필요했다. 나는 풀을 가리켰다.

"풀은 몇 통이나 사용할 예정이죠?"

"두 통이 필요해요. 아주 끈적끈적한 슬라임을 만들 생각이거든요."

우리는 엄마가 좋아하는 요리 프로그램처럼 주거니 받거니 이야기를 하면서 영상을 찍었다. 나는 애너벨에게 말을 시키는 진행자인 셈이었다. 영상을 마칠 무렵, 애너벨은 처음보다 훨씬 자연스러워졌다. 오늘 애너벨이 잘하면 앞으로 혼자서도 거뜬히 해낼 것이다.

애너벨이 손가락을 슬라임 안으로 집어넣었다.

"이것 좀 봐, 비. 거미가 똥을 싼다고 상상하는 거야."

"그런데 거미가 진짜 똥을 싸?"

"동물들은 다 똥을 싸지."

"글쎄, 나중에 검색해 봐야겠어."

우리는 함께 웃었다.

"근데 거미가 방귀를 뀔까? 거미가 너한테 방귀를 뀐다고 상상해 봐."

애너벨이 코를 움켜쥐었다.

"나는 물릴까 봐 걱정인데."

내가 대답했다. 우리는 서로를 웃기다가 카메라가 돌아간다는 사실을 잊고 말았다. 그건 평소에 슬라임을 만들며 농담하는 우리의 자연스러운 모습이었다.

애너벨이 주먹 한가득 슬라임을 움켜쥐었다.

"오늘은 여기까지랍니다. 영상 봐 줘서 고마워요. 다음에 또 만나요!"

"저는 아니에요."

생각 없이 불쑥 말해 버렸다. 내 말을 들은 애너벨이 인상을 썼다.

"뭐? 다음엔 같이 안 찍을 거야? 나는 네가 없으면 못 하는데…."

애너벨 목소리에 실망이 가득했다. 애너벨이 카메라를 바라봤다.

"맙소사, 우리 다시 찍어야 하는 거지?"

"괜찮아, 편집할 때 자르면 돼."

그건 내 인생에서도 잘라 내고 싶은 장면이었다. 나는 노트북 카메라를 껐다.

"정말 잘했어, 애너벨."

"그래, 고마워."

애너벨이 재빨리 시선을 다른 곳으로 옮기며 대답했다.

"네 영상을 '비의 연대기'에 태그할게. 그럼 조회 수는 괜찮을 거야."

애너벨은 내 말에 아무 답도 하지 않았다. 그 침묵이 오히려 내 귀를 따갑게 만들고 있었다. 속이 쓰렸다. 이번에도 나는 뭔가 베푸는 듯한 사람이 되고 말았다.

보관함에 대한 비밀을 털어놓지 않고 애너벨의 기분을 달랠 방법은 뭘까? 이건 마치 양손에 볼링공을 들고 균형을 잡으려는 것과 같다. 영원히 이렇게 지내는 건 불가능하다. 머지않아 애너벨과의 우정과 내 비밀 보관함을 놓고 하나를 선택해야 할 날이 오겠지.

그날 저녁, 나는 엄마가 메리 글리 클럽 사람들을 만날 채비를 하는 것을 지켜봤다.

"어떤 귀걸이를 하면 좋을까?

엄마가 양쪽 손에 각각 다른 귀걸이를 들고 물었다.

"당연히 파란색이지."

엄마가 이렇게 차려입는 모습은 본 적이 없었다. 진짜 외출을 하는 것도 꽤 오래간만인 듯했다.

"애너벨한테 오늘 밤에 놀러 오라고 했지? 피자 주문해 놨어. 그거면 너희 저녁으로 충분할 거야."

"애너벨은 뭘 해야 한대."

반은 사실이었다. 애너벨은 뭔가 생각하고 있을 거다.

초인종이 울리자 엄마가 깜짝 놀랐다.

"방금 초인종 울린 거지, 비? 차 가지고 데리러 온다고 했는데 도착했나 보다. 얼른 재킷 입어야겠어."

나는 아래층으로 뛰어 내려갔다. 엄마가 말하던 메리 글리 클럽 친구들이 틀림없었다. 혹시 틀니를 3개나 갖고 있다는 글래디스라는 분일지도 모른다. 어쩌면 말을 돌본다는 수의사 모니카 씨일 수도 있다. 그런 생각을 하며 문을 열었다. 문밖에는 한 남자가 서 있었다.

"안녕. 린다 씨네 집 맞지?"

이 아저씨가 엄마 이야기를 하고 있다는 사실을 바로 알아듣지 못하고 제대로 깨닫기까지 몇 초가 걸렸다.

"아아, 네. 피자 배달 오셨나요?"

"아니. 음식 기다리고 있었니?"

아저씨가 머리 위쪽으로 늘어진 현관 등을 살짝 피하며 말했다.

"무슨 음식이냐에 따라 다르죠. 초콜릿 치즈케이크를 가져왔다면 제대로 찾아오신 거예요."

"네가 비로구나. 나는 톰이야. 엄마한테 이야기 많이 들었다."

아저씨가 한쪽 손을 내밀었다.

"잠깐만요, 혹시 글리 클럽 분이세요?"

나는 아저씨를 집 안으로 들어오도록 했다. 그러고 보니 긴소매 셔츠에 검은 양복바지가 배달원치고는 너무 잘 차려입은 모습이었다.

"어디 가실 건가요? 오페라라도 보러 가세요?"

"오페라는 졸려서. 그냥 근처에 있는 해산물 식당에 갈 거야."

"아저씨는 어떤 노래를 부르세요?"

내가 물었다.

"난 클래식 로큰롤을 좋아해. 키스, 에이씨 디씨, 퀸 노래를 주로 부른단다."

"선사 시대에 유행한 록 음악을 좋아하시네요."

"최고의 음악들은 죄다 네가 태어나기 전에 만들어졌지."

톰 아저씨가 웃었다.

"어른들은 다 그렇게 말씀하시더라고요."

"두 사람, 얘기 잘 나누고 있는 거지?"

"물론이지."

톰 아저씨와 내가 동시에 말했다. 그러고는 함께 웃음을 터트렸다.

"혼자 있어도 괜찮겠어?"

엄마가 내 눈을 들여다보며 말했다.

"내 걱정은 하지 말고 가서 좋은 시간 보내고 와."

닌텐도 게임, 캘리그래피 도구, 과자 봉지를 잔뜩 들고 거실에 내려와 있을 거라는 말은 하지 않았다. 나는 엄마와 톰 아저씨가 현관문을 나서서 함께 걸어가는 모습을 지켜봤다. 엄마가 친구를 사귀고 외출도 하면서 자기 삶을 찾아가는 모습을 보니 뱃속이 간질간질했다. 비 팔로우 방해 작전은 계획대로 술술 풀리고 있다.

148

###

일요일 아침 일찍, 애너벨이 메시지를 보냈다.

'영상 올렸어!'

나는 침대에서 벌떡 일어났다.

"엄마!"

엄마는 아래층에서 흥얼흥얼 노래를 부르고 있었다. 아직도 어젯밤 메리 글리 클럽 만찬의 여흥에 젖어 있는 눈치였다.

"무슨 일이니, 비?"

"애너벨이 드디어 유튜버가 됐어! 브라이언이 영상을 편집해 줬는데, 걔 완전 신의 손인 거 있지."

엄마가 휴대폰에서 재생 중인 애너벨의 유튜브 영상을 TV 화면에 띄웠다.

"우리 예쁜 딸! 너 진짜 잘 나왔다."

엄마가 말했다. 나는 내가 움직이는 모습을 보는 것이 어색했다. 아니면 그냥 거미 똥 슬라임을 가까이에서 보려고 한 것 자체가 이상할 수도 있고.

"너 영상 찍으면서 말을 참 많이 했구나."

"응, 엄마도 애너벨이 어떤지 알잖아. 옆에서 좀 도와야겠더라고."

"네가 진행자 같다."

계속 영상을 지켜보는데 엄마 말이 정확하다는 생각이 들었다. 사실 누가 봐도 애너벨이 보조 같았다. 어쨌든 그건 중요치 않았다. 곧 애너벨에게 모든 관심이 집중될 테니까.

엄마는 거미 똥 슬라임을 보면서 입을 일그러뜨렸다.

"우리 계정에 올리면 애너벨에게 도움이 될 거야."

"세상에서 가장 소중한 내 친구를 위해서라면."

내가 고개를 끄덕이자 엄마가 살짝 웃었다.

"다음엔 버거 브라이언 영상에도 출연해 봐."

"그건 백만 년이 지나도 안 할 거야."

"애너벨이 입은 셔츠가 엄청 낯익은데. 어디서 봤더라? 으으음."

엄마가 영상을 자세히 들여다보며 말했다. 그러고는 부엌으로 가서 당근 케이크를 굽기 시작했다. 나는 애너벨의 영상을 보면서 엄마를 도왔다. 벌써 조회 수가 꽤 높았다. 불현듯 애너벨도 결국은 자신의 계정을 시작하기 위해 나를 이용한 건 아닐까 하는 생각이 들었다. 이런 생각을 만든 건 내 안의 안티 비가 틀림없다. 하지만 이젠 누가 누군지 구분하기가 점점 힘들어져 간다.

애너벨이 옷을 담은 상자를 들고 집에 들렀을 즈음엔 케이크를 굽느라 사용한 조리 도구 설거지를 끝낸 상태였다.

"어서 들어와, 애너벨. 당근 케이크 만들었는데 마침 잘 왔다."

엄마가 반갑게 애너벨을 맞았다. 애너벨이 상자를 내려놓고 식탁에 앉았다. 엄마가 오븐에서 당근 케이크를 꺼내 애너벨 앞에 놨다.

"짜잔! 이번 건 더 잘됐어."

엄마가 위에서 케이크를 찍기 위해 자세를 잡았다.

"어머! 죄송해요, 아줌마."

애너벨이 급히 옆으로 몸을 비켰다.

"왜 그러니?"

엄마가 말했다.

"제가 '비의 연대기'에 나오는 걸 좋아하지 않으시잖아요."

애너벨이 다시 자리로 돌아와서 말했다.

"그건 비 얘기지. 난 아니야."

엄마가 말했다. 나도 모르게 헉 소리가 났다. 나는 애너벨 뒤에서 엄마를 보며 손으로 목을 긋는 시늉을 했다. 이건 누가 봐도 당장 그만두라는 뜻이라고!

"나야 네가 '비의 연대기'에 더 많이 나왔으면 하는걸."

엄마가 계속 말했다. 나는 그 자리에서 닭처럼 푸드득거렸다. 그러고는 뚜껑을 닫는 시늉을 했다. 엄마도 분명 비밀을 담아 두는 보관함을 떠올릴 거라고 생각했다.

"정말요?"

애너벨이 포크를 들더니 접시에 금이 갈 정도로 당근 케이크 조각을 강하게 내리찍었다. 나는 이제 목 잘린 닭 신세가 되었다. 그냥 나를 통째로 오븐에 집어 넣고 노릇노릇하게 구워 줬으면 싶었다. 엄마, 잘하셨습니다요.

애너벨은 케이크를 단숨에 흡입했다.

"비, 네 인스타그램용 옷을 빌려줘서 정말 고마워."

애너벨이 나를 돌아보며 웅얼거렸다.

나는 애너벨 뒤에 서 있는 엄마를 쳐다봤다. 이제 엄마가 닭처럼 뛰어

다녔다. 대체 뭣 때문에 저러는 걸까?

"고맙긴, 애너벨…"

애너벨은 거의 순간 이동하듯 순식간에 집을 나갔다. 기분 탓이었겠지만 어쨌든 그랬다.

"엄마, 왜 비밀을 다 말해 버린 거야. 그건 우리 철칙이잖아."

"난 그냥 사실대로 말했을 뿐이야. 그리고 그건 우리가 아니고 네 철칙이잖아."

"그렇게 엄마 마음대로 말을 바꾸는 게 어딨어."

"너는 왜 멋대로 애너벨한테 옷을 빌려줬니?"

"그게 뭐 어때서? 내 옷이잖아."

"의류 회사, 액세서리 회사랑 계약했단 말이야. 협찬 받은 것들은 비너만 착용해야 한다고 못 박아 놨다고."

"우리는 그 회사에 빚진 거 없어."

나는 양손을 허리춤에 올리고 단호하게 말했다.

"이런 일로 일을 그르치긴 싫어. 이건 정말 좋은 기회야."

"엄마한테나 그렇겠지."

나는 방으로 가서 문을 쾅 닫았다. 엄마는 선을 넘었다. 내 인생을 엄마 마음대로 하려고 한다. 내 생일이 돌아오면 다 그만두게 할 거다.

#16_의외의 반응

월요일 아침, 평소보다 일찍 애너벨네 집에 도착했다. 유튜브에 대해 몇 가지 이야기를 하고 싶었다. 물론 나를 집 안으로 들여보내 준다면 말이다. 어제 애너벨에게 메시지를 백만 개쯤 보냈지만 답이 없었다. 슬라임 연구에 푹 빠져서 그런 것 아닐까. 도시 하나쯤은 너끈히 덮어 버릴 만한 거대 슬라임을 만들고 있었겠지. 사실, 일부러 내 메시지에 답하지 않았을 가능성이 더 크다.

내가 현관문을 몇 번 두드리자 애너벨 아빠가 문을 열어 줬다.

"비, 왔니!"

"안녕하세요, 아저씨."

아저씨가 들어오라는 몸짓을 했다. 의자에 앉아 기다리자 애너벨이 계단을 내려왔다. 위층에서 뭘 했는지 몰라도 머리를 빗고 있었던 건 아닌 게 분명했다. 막 일어나서 교복만 겨우 걸친 모습이었기 때문이다.

"안녕."

애너벨이 인사했다.

"월요일 진짜 싫다 그치? 할 수만 있으면 화요일로 건너뛰고 싶어."

"그러게."

나는 애너벨의 퉁퉁 부은 눈을 애써 외면하고 다른 이야기를 꺼냈다.

"이제 너도 유튜버네! 현실 세계에서 팬들을 만날 준비는 됐겠지?"

"이게 겨우 영상 하나 올렸을 뿐인걸."

애너벨이 대답했다.

"그 영상 하나의 조회 수가 1만이 넘었잖아. 메리포드 중학교를 통틀어서 가장 많을걸."

"너는 어떻고?"

애너벨이 물었다.

"음, '비의 연대기'는 치지 말아야지, 그건 인스타그램 계정이니까."

"어, 그래⋯. 그럼 이제 난 뭘 해야 해?"

애너벨이 내 시선을 피했다.

"친구들에게 친절하게 대해야지. 그리고 슬라임 만드는 애너벨 채널에 와서 구독과 좋아요 눌러 달라는 말도 잊지 말고."

애너벨이 현관으로 향했다. 나도 재빨리 애너벨을 쫓아갔다.

"아빠랑 꽥꽥 오리 뽀뽀 안 해?"

"학교 늦겠다. 나갈까?"

애너벨이 어깨를 으쓱하며 말했다.

"어, 그래."

애너벨과 문을 나섰다. 전에는 늦더라도 오리 뽀뽀를 빼먹지 않았는데 오늘은 그냥 나왔다. 그럼 이건 안티 애너벨인가? 애너벨에게도 그런 것이 있으리라곤 상상도 못 했다.

우리는 학교 가는 길에 단 한마디도 하지 않았다. 이런 일은 난생처음이었다. 나는 휴대폰으로 애너벨의 영상에 달린 댓글을 확인했다. 대부분이 내 이야기였다.

'와, 이제 비도 유튜브를 하네요. 멋져요!'

'비가 슬라임 좋아하는 줄은 몰랐어요.'

'비 목소리 듣는 거 처음인데 정말 좋네요.'

그러고 보니 이건 내 첫 영상이기도 했다. 엄마는 '비의 연대기'에 내 영상을 찍어 올린 적이 없다. 나는 일일이 댓글을 달아 줘야 하나 싶었다. '특별 게스트로 출연한 거예요'라고 말이다. 그런 생각을 하며 걷는데 래리가 뛰어왔다.

"너도 슬라임 만드는지 몰랐어!"

나는 고개를 저었다.

"슬라임 퀸은 애너벨이야. 내가 아니라고."

나는 아이들을 만날 때마다 계속 이 말을 반복해야 했다. 누구도 애너벨에게 아는 척하지 않았다. 나는 애너벨이 투명해지는 초능력을 사용한 건지 보호색으로 자신을 감추는 능력을 사용한 건지 알 수 없었다. 게다가 애너벨은 한마디도 하지 않았다.

핫산이 내 어깨를 두드렸다.

"다음 영상은 언제 올릴 거냐?"

"안 올려."

"왜 그래, 비. 넌 유튜브 스타가 될 가능성이 충분해. 우리 같이…"

"꿈도 꾸지 마."

나는 아이들을 쫓아 버리고 애너벨과 2학년 교실 근처의 비어 있는 복도로 갔다.

"봐, 내가 이래서 영상을 같이 찍지 않으려고 한 거야."

"비, 같이 찍는다고 한 건 너였어. 그리고 난 너만 주목 받는 데 전혀 불만 없어."

애너벨이 말했다.

"애너벨, 네 채널이잖아. 게다가 난 슬라임 만드는 데 너만큼 관심이 많지도 않아."

말하다 보니 괜히 열이 뻗쳤다.

"그건 우리가 항상 함께하던 거잖아. 너랑 나랑 같이."

애너벨이 조용히 대꾸했다.

"미안하지만 애너벨, 난 너랑 더는 함께할 수 없어. 그러니까 내 말은 온라인에서 말이야."

"난 그냥 너랑 같이 있고 싶었을 뿐이야!"

애너벨이 버럭 소리를 질렀다. 애너벨의 두 볼이 불룩 부풀어 올랐다.

"왜 나를 숨기고 싶어 하는 거야?!"

이제껏 들어본 적 없는 큰소리였다. 애너벨의 목소리가 텅 빈 복도에 쩌렁쩌렁 울렸다. 내 안의 안티 비가 고개를 들었다.

"무슨 소리야, 숨기다니? 너랑 내가 누구보다 친하다는 건 이미 모두가 알아."

"모두는 아니지. 네 팔로워들은 모르잖아."

"팔로워들한테 누가 관심이나 있대?"

애너벨이 일어섰다.

"너네 엄마는 관심 있으셔. 아줌마는 내가 '비의 연대기'에 함께하길 바라신다고. 브라이언도 매티도 함께. 근데 너는 왜 싫다는 거야?"

나는 고개를 숙였다. 안티 비를 더 이상 억누를 수가 없었다. 안티 비가 내 갈비뼈를 쥐고 흔들어 대는 통에 어쩔 도리 없이 풀어 주고 말았다. 나는 정색을 하고 악플러 에밀리에 빙의해서 말했다.

"너까지 다른 애들처럼 유명해지고 싶다는 말은 하지 말아 줘."

내 말을 들은 애너벨이 두 주먹을 불끈 쥐었다.

"친구라면 다 그렇듯이, 나는 그냥 좋아하는 걸 너랑 같이 하고 싶다는 얘길 하는 거야."

"애너벨, '비의 연대기' 속 나는 진짜 내가 아니야."

"그렇게 생각하는 사람은 너뿐이야. 정신 차려, 비."

애너벨이 가방을 낚아채듯 들더니 달려가 버렸다. 나는 바닥에 주저앉고 말았다. 지금까지 나는 줄곧 인스타그램 세계에서 나가고 싶어 안달했는데, 애너벨은 그곳에 들어가고 싶어 한다.

혼자 영어 교실에 들어갔다. 애너벨은 벌써 자리에 앉아 있었다. 애너벨 옆자리에 앉았다. 애너벨이 책으로 담을 쌓으면 어쩌지? 램 선생님에게 자리를 바꿔 달라고 말하면 어떡하지? 반을 바꿔 달라고 하는 건 아닐까? 혹시 전학을 가는 건 아니겠지?

"저기, 애너벨…"

늘 반달 눈으로 미소 지으며 날 바라보던 애너벨이 무표정한 얼굴을 하고 날 쳐다봤다.

"미안, 베로니카. 지금은 얘기하고 싶지 않아."

아무도 나를 베로니카라고 부르지 않는다. 물론 핫산과 에밀리는 온갖 별명으로 나를 부르곤 한다. 하지만 지금의 상처와 충격에 비하면 그건 종이에 베이는 수준이었다. 이건 마치 좀비의 머리통을 휘갈기는 도끼처럼 그야말로 치명타였다.

애너벨은 자세를 고쳐 앉더니 다시는 나를 쳐다보지 않았다. 애너벨은 보호색으로 자신을 감추는 초능력을 나에게 사용한 적이 한 번도 없었다. 나는 말 그대로 망연자실할 수밖에 없었다.

온라인에서 차단 당하거나 무시 당하는 일이 힘들다는 생각이 든다면 현실에서 직접 경험해 보시라. 그건 말도 못 하게 더 끔찍한 일이다.

그 일이 있고 며칠 뒤, 애너벨은 브렌다와 오드리 옆에 앉기 시작했다. 애너벨의 목소리와 웃음소리가 들렸다. 내가 가장 좋아하는 음식을 누군가가 먹어 버리는 모습을 지켜보는 심정이었다. 고문이나 다름없었다. 애너벨이 그 애들과 어울리다가 한패가 되어 버리기 전에 뭔가 해야 했다. 장담하건대 브렌다와 오드리는 슬라임을 좋아하지도 않는다.

나는 학교에서 종일 씁쓸한 기분으로 지내야 했다. 달달한 간식을 아무리 많이 먹어도 이 쓴맛을 지워 버리지는 못할 것이다.

집에서는 엄마가 줄곧 사진을 찍어 댔다. 나는 영혼 없이 반응했다. 인스타그램이 돌아가는 걸로 보자면 모든 것이 정상이었다. 어느 날 저녁, 나는 으깬 고구마로 요새를 쌓아 올리면서 음식으로 마인크래프트를 하는 중이었다.

"엄마가 애써서 네가 좋아하는 음식을 만들었는데, 너는 그걸로 장난이나 치고 있는 거니?"

엄마가 포크를 내려놓으며 말했다.

"아까 엄마가 사진 찍을 때는 웃었잖아, 그러면 된 거 아니야?"

최근 들어 나는 목소리에 상냥함 필터를 사용하지 않고 있었다.

"좋아, 네가 이겼어. 계속 이런 식이면 '비의 연대기'를 운영할 이유가 없어."

와우, 이렇게 쉬운 일이었다니. 엄마가 '비의 연대기' 계정 종료를 진지하게 생각하고 있을 줄은 몰랐다. 그냥 걱정만 하는 줄 알았는데. 나는 으깬 고구마로 쌓아 올린 요새를 숟가락으로 허물었다.

"애너벨이 비-톡스에 들어갔어. 이젠 나랑 말두 안 해."

내가 고개를 숙인 채 말했다.

"그게 내 잘못이니?"

"아니, 내 잘못이야. 애너벨이 '비의 연대기'에 끼고 싶다고 자꾸 귀찮게 하잖아. 더 변명할 거리가 없었어."

엄마가 내 눈을 지그시 바라봤다.

"비, 진짜 원하는 게 뭐야?"

"솔직히 말하면 나도 잘 모르겠어."

나는 먹다 만 닭고기와 으깬 고구마를 쳐다봤다. 갑자기 배가 쑥 꺼지는 느낌이 들었다. 지끈지끈 아프던 머리가 이젠 거대한 망치로 두들겨 맞는 느낌이었다. 내가 기쁘게 해 줘야 할 사람이 너무 많았다. 엄마, 애너벨, 나. 이 중에 원하는 걸 얻는 사람은 누굴까?

"엄마, 미안해. 나 좀 누워야겠어."

나는 비틀대면서 계단을 올라 방으로 간 뒤, 침대 위로 쓰러졌다.

잠에서 깨자, 엄마가 나를 향해 휴대폰을 들고 있었다. 그래, 또 시작이구나.

"그 사진은 올리지 말아 줘."

내가 중얼거렸다.

"네가 괜찮은지 확인하려고 새로운 의학 앱을 사용해 보는 거야."

엄마가 손바닥으로 내 이마를 짚었다.

"그래서 구글 의사 선생님께서 뭐라서?"

"침대에 좀 누워 있으면 괜찮아질 거야. 아침에 어떤지 다시 확인해 봐야겠다, 우리 딸."

엄마가 일어섰다.

"고마워 엄마, 저기 나…."

"다음에 다시 얘기해. 나도 너랑 애너벨 문제가 잘 풀리면 좋겠어."

엄마가 방문을 닫았다. 나는 휴대폰을 꺼내 들었다. 새로 온 메시지는 없었다. 처음으로 애너벨의 인스타그램에 들어갔다. 생각보다 재미있었다. 애너벨은 매일 보는 실제 친구였기 때문에 한번도 그 애 계정에 들어가 볼 생각을 하지 않았다. 하지만 이제 나는 애너벨의 팔로워 중 한 명일 뿐이지. 애너벨이 올린 사진들을 쭉 살펴봤다. 슬라임 말고도 다른 사진들이 많아서 내심 놀랐다. 그 애 부모님이 좋아할 법한 느끼한 명언은 없었다. 애너벨이 말을 타는 사진, 나비를 쫓는 사진, 해질녘 해변에서 찍은 사진도 있었다. 사진 한 장이 느끼한 수천 마디 말보다 가치 있다는 생각이 들었다. 나는 애너벨이 해변에 간 줄도 몰랐다. 말은 언제 탄 걸까? 왜 나에게는 이야기하지 않았을까?

휴대폰을 베개 밑에 집어넣고 천장을 바라봤다. 지금껏 애너벨은 비-전문가였는데 정작 나는 애너벨에 관해 아는 것이 거의 없다. 애너벨은 수줍은 아이도 투명 인간도 아니었다. 내가 그렇게 대했을 뿐이다.

몸을 돌려 책상 옆에 놓인 보관함을 바라봤다. 애너벨에게 진짜 비를 보여 줄 때가 되었다.

###

아침에 일어나니 기분이 훨씬 나았다. 점심시간에 색색의 색연필과 마커 펜을 가지고 학교 도서관으로 가서 새 캘리그래피를 그리기 시작했다. 나는 애너벨이 좋아하는 색을 골랐다. 수선화 노랑. 동틀 녘 빨강, 슬라임의 초록. 종이를 가로지르는 넓은 선을 죽 긋고 구불구불한 선을 그려 넣었다. 슬라임 퀸을 위한 초대장이었다.

"지금 작업 중인 캘리그래피, '비의 연대기'에서 볼 수 있는 거야?"

내 계정을 팔로우 하는 루시 언니가 지나가면서 물었다.

"아뇨, 볼 수 있을 때 봐 둬요."

"넌 온갖 걸 다 올리지 않아서 좋더라."

루시 언니가 웃었다.

나는 애너벨에게 줄 특별 작품을 마무리했다. 손으로 쓰면 더 좋아 보이는 것들이 있다. 손을 움직여 글씨를 쓰면 기분도 좋아진다. 학교를 마치고 정성껏 만든 초대장을 애너벨네 집 편지함에 넣었다. 애너벨이 와 줄지 모르겠다. 그냥 초대장을 펼쳐 보기라도 했으면 좋겠다.

###

그 주는 정말 천천히 갔다. 애너벨의 답장을 기다리느라 더 그랬다. 갑자기 돌풍이 불어 초대장이 날아가거나 까치가 물어 가면 어쩌지. 혹시 용이 가져가 버리면 어떡하나. 애너벨이 내 전화번호를 삭제한 건 아닐까. 마지막 상황은 정말 있을 법한 일이다. 엄마의 첫 메리 글리 클럽 공연을 위해 나는 씁쓸한 기분을 애써 떨쳐 냈다. 엄마는 공연할 요양원으로 향하면서 흥분을 감추지 못했다.

"우리가 무슨 노래를 부를지 맞혀 볼래?"

"비지스의 〈Stayin' Alive〉?"

엄마는 TV에서 영화 〈토요일 밤의 열기〉가 나올 때마다 내게 함께 보자고 했기에 그 영화에 나오는 노래 제목을 댔다.

162

"맞아, 톰이 그 노래를 부르자고 했지 뭐니."

엄마가 웃음을 터뜨리며 말했다.

엄마가 차를 주차했다. 메리 글리 클럽 단원들이 와서 우리를 빙 둘러섰다.

"네가 그 유명한 비로구나."

글래디스 아줌마가 말했다. 나를 보며 활짝 웃는 아줌마 얼굴에 기분 좋은 주름이 졌다. 그 모습을 보니 나도 절로 웃음이 났다. 이렇게 웃은 건 며칠 만에 처음이었다.

"어서 노래 부르시는 걸 보고 싶어요. 엄마가 아줌마 얘길 많이 했거든요."

내가 화제를 바꿨다.

"우린 이런 봉사활동을 정말 좋아한단다. 메리포드 시에 행복과 기쁨을 전하는 데 네 엄마가 얼마나 도움이 되는지 몰라."

"네, 엄마가 그 행복과 기쁨을 집에도 가져오더라고요."

무대 뒤에서 메리 글리 클럽 단원 10명이 목을 푸는 동안 요양원에 머무는 어르신들이 강당에 모였다.

무대 뒤에서 피아노를 치는 모니카 씨가 플리트우드 맥의 〈Don't Stop Thinking About Tomorrow〉를 연주하기 시작했다. 노래도 좋았지만 가사도 최고인 곡이다. 메리 글리 클럽 단원들이 빙글빙글 돌면서 무대에 오르더니 손으로 별이 반짝이는 동작을 해 보였다.

나는 맨 앞줄에 앉아 어르신들에게 둘러싸인 채 학예회를 보러 온 보호자처럼 사진을 찍었다.

"저분이 우리 엄마예요."

첫 번째 노래가 끝나자 내가 말했다.

"정말 자랑스럽겠구나."

머리가 희끗희끗한 신사 분이 감동한 얼굴로 고개를 끄덕였다.

메리 글리 클럽은 내가 태어나기도 전의 노래들을 연달아 불렀다. 정말 멋졌다. 마지막 곡을 부를 때는 어르신들이 모두 일어나 우레와 같은 박수갈채를 보냈다.

"오늘은 엄마가 스타네!"

공연이 끝나고 나는 엄마에게로 갔다.

"비, 우리 사진 좀 찍어 줄래?"

엄마가 흥분을 감추지 못한 채 말했다. 톰 아저씨는 물론 글래디스 아줌마와 다른 단원들도 저마다 휴대폰을 내밀었다. 나는 그 자리에서 사진을 수십 장 찍었다. 나에게는 그분들 모두가 엄마의 새로운 인스타그램 계정을 장식할 잠재적인 게시물인 셈이었다.

"좋아, 비, 이제 네 차례야. 다른 사람들이랑 같이 서 봐."

엄마가 휴대폰을 꺼냈다.

"내가 찍어 줄까, 린다?"

톰 아저씨가 끼어들었다.

"아니, 괜찮아."

엄마가 단호한 표정으로 아저씨를 막았다. 아저씨는 마치 엄마에게 꺼지라는 말이라도 들은 듯 상처 받은 얼굴이 되었다. 하지만 곧 아무 일도 없다는 듯 다른 메리 글리 클럽 사람들과 어울렸다. 아저씨는 좋은 의도였을 거다. 단지 인스타그램을 하는 엄마의 모습을 전혀 몰랐을 뿐이다. 엄마는 사람들과 내가 함께 찍힌 사진을 인스타그램에 올렸다. 나는 음치인데도 말이다.

"클래식 록은 안 불렀네요?"

톰 아저씨에게로 가서 말을 걸었다.

"어르신들이 듣고 싶어 하는 노래를 불러야 했거든."

공연을 마무리한 뒤 우리는 점심을 먹으러 바로 옆의 피자 가게로 향했다. 톰 아저씨와 엄마는 함께 앉아서 피자가 나오기를 기다리는 동안서로 농담을 주고받았다. 아저씨는 아까의 사진 사건을 아무렇지도 않은 척 넘겼다. 그 모습을 보자 내 철칙을 묵묵히 참아 준 애너벨 생각이났다. 동시에 내가 정말 이기적인 규칙에 집착하며 살았구나 싶었다. 그동안 엄마 사진은 왜 인스타그램에 올리지 않느냐고 계속 다그친 일도떠올랐다. 그것이 친구와 함께 찍은 사진을 온라인에 올리지 않겠다고고집부린 것과 뭐가 다를까?

모두에게 작별 인사를 한 뒤, 엄마와 함께 차에 올랐다. 엄마는 휴대폰 화면에 시선을 고정하고 인스타그램을 확인했다.

"좋아요 3천 개라, 나쁘지 않네."

그러고는 페이스북을 살펴보더니 웃음을 터뜨렸다.

"맙소사, 매티네 엄마 말이야, 아기였을 때 정말 귀여웠다."

그 말은 매티가 복수를 했다는 뜻이다. 잠깐만, 매티는 엄마랑 페이스북 친구가 아니다.

"매티 계정에 그 사진들이 올라왔어?"

내가 물었다.

"매티 엄마 계정에 올라왔어. 가족 역사 숙제를 보고 매티 엄마가 자극 좀 받았나 봐."

매티가 자기 엄마 계정을 해킹한 걸까? 월요일에 학교에 가서 물어봐야겠다.

#17_응원

생일이 2주 앞으로 다가왔다. 나는 애너벨에게 답을 듣지 못한 채 생일 초대장을 돌려야 했다. 애너벨이 없다면 생일은 전과 같지 않을 것이다. 애너벨은 세 사람도 너끈히 채울 만한 달콤하고 행복한 에너지가 넘치는 아이인데….

나는 쉬는 시간에 매티와 브라이언을 만나 초대장을 건넸다.

"안녕, 매티. 임무 완료 축하해."

"실은 엄마가 사진을 올렸어. 내가 막판에 겁을 먹고 망설이고 있었는데 엄마가 스캔한 사진 파일을 발견하고 좋아하지 뭐야."

"아, 그럼 임무 실패였던 거네."

내가 매티 등을 두드렸다. 매티가 고개를 저었다.

"엄마는 스캔한 사진이 깜짝 선물인 줄 알더라. 그래서 보답으로 내 사진을 내려 줬어."

"기저귀 찬 귀염둥이 매티는 이제 못 보겠네."

브라이언이 말했다.

"그 얘기 한번만 더 해 봐! 내가 아주 그냥…"

매티가 브라이언의 머리를 쥐어박는 시늉을 했다.

"줄 서서 기다려라. 티-렉스가 벌써 나를 죽이려고 하고 있으니까."

브라이언이 슬쩍 도망치며 말했다.

"아 맞다, 네 식욕을 강화할 방법을 찾아야 하는데 말이지. 학교 마치고 도넛 한 박스나 피자 한 판 어때? 아니, 둘 다 먹는 걸로 할까?"

"나한테는 티-렉스가 식중독에 걸리는 편이 더 유리해. 그 임무를 자네가 한번 맡아 볼 텐가, 비 요원?"

브라이언이 나를 향해 눈짓했다.

"미안, 브라이언. 지금 나한테는 애너벨이랑 화해하는 게 급선무라."

"너희는 3학년 때부터 단짝이었잖아. 잘 해결될 거야."

브라이언이 말했다.

"애너벨한테 물풀 한 박스 선물해 봐."

매티가 거들었다.

내 앞에는 단 하나의 선택지만 놓여 있다. 그건 바로 애너벨에게 비밀을 털어놓는 것. 나는 매일같이 우편함을 확인했다. 애너벨은 아직도 초대장에 답이 없다. 영원히 나를 차단할 작정일까?

애너벨이 없는 나의 오후는 정말이지 허전했다. 시간도 넘쳐 났다. 즐거운 일이 전혀 없어서 나는 대청소를 시작했다.

엄마가 방문을 두드렸다.

"너한테 편지 왔어."

"티끌 하나 없이 치우라는 편지?"

"이게 우리 편지함에 들어 있더라."

엄마가 봉투를 건넸다.

봉투를 열자 단 한 단어가 적힌 종이가 나왔다. 글자는 거품처럼 커다랗게 부풀어 올라 있었다.

"좋았어!"

"좋은 소식이니?"

"최고야. 엄마 일요일 아침에 브라우니 구워 줄 수 있어?"

"이번에는 또 무슨 소동을 부리려고?"

"아니야. 이번에는 달라. 일단 화려한 개막식이라고 해 둘게."

###

토요일 아침, 엄마가 나를 깨웠다.

"일어나! 비, 오늘은 5킬로미터를 뛰어야 하니까 호수에 일찍 가야 해."

"이렇게 열정적인 분이라니, 대체 누구세요?"

내가 눈을 비비며 말했다.

"다음 주말에는 네 생일 파티 때문에 뛰지 못하잖아. 그러니까 오늘이 마지막 훈련이야."

우리는 호수로 갔다. 이번에는 엄마가 앞장섰다. 우리는 쉬지 않고 호수를 세 바퀴 돌았다.

"컬러런 대회가 끝난 뒤에도 계속 뛰면 좋겠어, 엄마."

"나도 같은 생각이야. 건강한 토요일을 보내는 거지! 나도 탄탄한 몸을 갖고 싶거든."

"누구를 위해서?"

"나 자신을 위해서지, 그리고 너를 위해서."

"그리고 또 없어? 누군가 떠오르는 사람이 있는데…."

화들짝 놀란 엄마가 나를 붙잡으려 했다. 나는 엄마 손을 피해 달아났다. 엄마가 나를 쫓아왔다. 기분 최고였다. 엄마가 최선을 다하게 하는 사람이 나 말고 또 있으니 말이다.

달리기를 마친 나는 브라이언에게 다이노 버거에서 보자는 메시지를 보냈다. 빨간 재킷을 입은 브라이언이 자전거를 타고 약속 장소로 왔다.

"무슨 일이야, 비?"

"느끼한 토요일을 맞이해서 햄버거를 먹어 볼까 하는데, 네가 골라 주면 좋을 것 같아서. 또 하나 더. 티-렉스랑 햄버거 먹기 시합을 응원하는 의미로 네 계정을 '비의 연대기'에 태그하려고."

"나를 태그한다고? 진심이야? 갑자기 왜 그래?"

"앞으로 기회가 없을지도 모르잖아."

"아."

브라이언이 고개를 숙였다.

"힘내. 넌 아직 죽지 않았어."

우리는 다이노 버거에 들어가서 자리를 찾아 앉았다.

"햄버거 입문자용으로 추천하고 싶은 메뉴는 뭐야?"

내가 메뉴판을 훑어보며 말했다.

"클래식 다이노마이트나 스테이크사우러스 버거는 꼭 먹어 봐야 해."

"좋아, 그럼 다이노마이트 버거로 할래."

"그래, 내가 살게. 나도 하나 먹어야겠다."

브라이언이 말했다.

"우아, 시합은 수요일 아니었어? 그때까지 기다릴 수 없는 거야?"

"아니, 이건 훈련용이야."

브라이언이 계산대로 걸어갔다.

"다이노마이트 버거 하나 주시고요. 프라이세라톱스 버거에 베이컨, 마카로니 치즈, 칠리소스 추가해서 하나 주시겠어요?"

"곧 준비해 드릴게요, 버거 브라이언 님."

종업원이 말했다. 브라이언이 우리 자리로 왔다.

"프라이세라톱스 버거가 뭐야?"

내가 몸을 기울이고 물었다.

"소고기 패티를 넣은 햄버거 위에 치킨이랑 감자튀김을 얹은 거야. 거기에 내가 몇 가지를 추가했지."

"나도 그거 먹을래."

내가 입술을 핥으며 말했다.

"오늘 아침에 열심히 달린 게 헛수고가 될 텐데, 오늘을 폭식하는 날로 정한 게 아니라면 말이야."

"응, 네 말이 맞아. 폭식하다 배 터뜨리지 뭐."

브라이언이 웃으며 주문을 변경했다.

"그래, 훈련은 잘되고 있어?"

내가 물었다.

"유튜브에 있는 햄버거랑 핫도그 먹기 시합 영상을 엄청나게 보고 있어. 그렇게 많이 먹어도 챔피언 대부분이 나처럼 말랐더라. 나한테는 잘된 일이지."

"우리 엄마가 그 사실을 알면 널 가만두지 않을걸."

10분 정도 기다리자 종업원이 주문한 햄버거를 우리 탁자 위에 조심스레 내려놨다. 프라이세라톱스 버거는 꼭대기에 가시처럼 얹힌 감자 튀김 때문에 마치 하나의 요새 같은 모습이었다. 햄버거 빵보다 훨씬 큰 치킨 조각이 날개처럼 장식되어 있었다.

브라이언이 접시를 360도로 돌려 가며 휴대폰으로 위태롭게 쌓인 거대한 단백질 덩어리 사진을 찍어 댔다. 그러고는 햄버거를 양손으로 들어 올렸다.

"먹자, 비."

나는 브라이언이 햄버거를 한입 베어 무는 장면을 촬영했다.

"잘 나왔다. 이 사진을 인스타그램에 올릴게."

"고맙다, 비."

브라이언이 휴지로 턱에 묻은 소스를 닦아 냈다.

"응, 네 팔로워가 조금이라도 늘어나는 데 내가 도움이 되면 좋겠어."

"아니, 내 말은 여기 나랑 같이 있어 줘서 고맙다고. 내가 고마운 건 그거야."

브라이언이 말했다. 햄버거가 빨갛게 달아오른 내 얼굴을 가릴 만큼 커다래서 정말 다행이었다. 나는 프라이세라톱스 버거를 공략하기 시작했다. 소고기 패티와 치킨이 썩 잘 어울렸다. 다음번 비 특제 요리에 쓸 만한 사악한 아이디어가 떠올랐다. 나는 한입 가득 베어 문 햄버거를 간신히 삼키고 호흡을 골랐다. 나는 브라이언이 프라이세라톱스 버거를 전문가답게 처리하는 모습을 지켜봤다. 브라이언은 정말 햄버거 먹기의 달인이었다. 마치 마술 쇼를 느린 화면으로 보는 느낌이었다.

내가 반도 못 먹은 사이 브라이언이 마지막 한 조각을 끝냈다. 나는 과다한 고기 섭취로 정신이 아득한 상태였다.

"난 그만 먹을래. 나머지는 네가 먹을래?"

내가 앓는 소리를 내며 말했다.

"아냐, 나도 됐어. 내가 말했지. 다이노 버거가 최고야."

브라이언은 만족스러운듯 자기 배를 두드렸다.

우리는 화장실로 가서 손에 묻은 기름기를 씻어 내고 각자 인스타그램 계정에 접속했다. 이번 사진을 올리는 데 엄마는 필요 없었다.

"언제 한번 다시 먹을래?"

브라이언이 말했다.

"그래, 좋아. 그땐 샐러드를 시켜야겠어."

내가 웃으며 대답했다.

#18_소풍

일요일 아침, 약속한 시간에 애너벨이 초인종을 눌렀다. 단짝 친구가 집에 놀러 오는 건 대수롭지 않은 일이다. 하지만 거의 2주 동안 말 한 마디 하지 않던 단짝 친구라면 이야기가 다르다. 나는 화성인을 처음으로 맞이하는 기분이었다. 애너벨은 햇살처럼 밝은 노란색 원피스를 입고 있었다. 하지만 섭섭한 감정이 남아 있는지 안색이 어두웠다.

"안녕, 비."

애너벨이 감정이 느껴지지 않는 눈으로 나를 바라봤다.

"와 줘서 고마워, 애너벨."

나는 조용히 애너벨을 방으로 데려갔다.

"뭘 보여 주고 싶다는 거야?"

애너벨이 불안한듯 성급하게 물었다. 마치 어디 다른 곳이라도 급히 가야 하는 사람 같았다.

"너는 비-전문가잖아. 하지만 너는 비의 반만 알고 있어."

나는 보관함에서 스크랩북을 꺼냈다.

"일곱 살 때, 나는 '비의 연대기'를 동화책이라고 상상했어. 이야기의 주인공은 나와 똑같이 생긴 여자아이였지."

"진짜?"

애너벨이 말했다. 내가 스크랩북을 펼쳤다. 화려한 제목과 설명을 적어 붙인 사진이 멋진 테두리를 두른 채 빼곡히 들어차 있었다. 캘리그래피를 연습하며 보낸 시간이 이곳에서 결실을 드러내고 있었다.

"또 다른 비는 이곳에서 자기 친구 애너벨이랑 멋진 여행을 했지."

"음, 낯익은 얼굴이 있네."

애너벨이 사진 속의 자기 얼굴을 어루만졌다.

"나는 여기에 너를 숨겨 뒀어. 너를 다른 사람들이랑 공유하고 싶지 않았거든."

내가 조용히 말했다. 한 마디 한 마디가 눈처럼 부드럽게 흩날렸다. 책장을 넘겼다. 추억이 새장을 빠져나온 새들처럼 사방으로 날아올랐다.

"이곳에 붙여 둔 사진과 추억은 인스타그램엔 올리지 않았어. 여기 이것도 그러려고 했지."

내가 마지막 장을 펼치며 말했다.

"이건 사복의 날에 너랑 같이 찍은 사진이잖아."

애너벨이 말했다.

"정말 맘에 쏙 드는 사진이야. 이걸 인스타그램에 올렸다는 엄마 말에 덜컥 겁이 나더라. 내가 이 책 속에 만들어 둔 세상을 잃을지도 모른다는 생각이 들었거든."

나는 스크랩북을 애너벨의 무릎 위에 놨다.

"네가 현실에서 나를 차단하고 싶다면 그렇게 해. 하지만 적어도 내 진심은 알아줬으면 좋겠어. 그리고 브라우니도 가져가고 초코칩 쿠키도 가져가야 해. 솔직히 말하자면 우리 엄마를 봐서라도 쿠키를 전부 가져가 줘."

"안녕, 진짜 비. 이렇게 네 마음을 보여 줘서 정말 기뻐."

애너벨이 말했다.

"나도 그래."

애너벨이 스크랩북을 우리 사이에 둔 채로 나를 꼭 안았다.

"나는 네가 날 부끄러워하는 줄 알았어."

"그럴 리가. 내가 너무 이기적이었어."

나는 보관함에서 다른 것을 꺼냈다.

"이건 네 거야."

손바닥 크기의 카드였다. 카드에는 이런 명언이 적혀 있었다.

인생은 친구와 함께할 때 더 좋다.

"너희 집 냉장고에 붙여 놓으면 잘 어울릴 것 같아."

"너야말로 애너벨 전문가다."

애너벨이 카드를 주머니에 넣었다.

"애-전문가?"

"그 단어는 생각 좀 해 보자."

애너벨이 킥킥 웃었다. 우리는 엄마가 구운 브라우니의 달콤한 냄새에 이끌려 아래층으로 내려갔다. 브라우니는 어느새 식힘 망 위에 가지런히 놓여 있었다. 나는 엄마가 요리할 때 이렇게 쥐도 새도 모르게 닌자처럼 움직이는 것이 좋다. 닌자 발레리나 역할을 맡으면 아주 잘 어울릴 거다.

나는 브라우니를 배경으로 애너벨과 함께 셀카를 찍은 다음 '비의 연대기'에 올렸다. 그리고 '단짝 친구와 함께 먹을 브라우니'라고 적었다.

"괜찮겠어?"

애너벨이 물었다.

"그럼, 딱 좋아. 이렇게 하는 걸 너도 와서 같이 봤으면 했어."

"나도 너한테 슬라임 동영상 찍자고 강요하려던 건 아니었어."

애너벨이 브라우니를 입에 쏙 넣었다.

"난 재밌었어. 우리 영상 더 찍을까?"

"그렇게 말하는 건 안티 비야, 아니면 진짜 비야?"

애너벨이 초콜릿이 잔뜩 묻은 이를 보이며 물었다.

"둘 다야. 가끔 청개구리처럼 군다고 큰일 나는 건 아니더라."

나도 브라우니 묻은 미소로 답했다.

그날 오후, 엄마와 나는 공원으로 소풍을 갔다. 햇볕도 쬐고 인스타그램을 위한 아이디어도 얻을 겸 해서였다. 엄마는 브라우니와 치즈, 크래커, 과일을 펼쳐 놓고 위에서 사진을 찍어 댔다. 그 덕분에 나는 한동안 엄마의 카메라를 의식하지 않고 있을 수 있었다.

"참, 나 금요일 밤에 영화 보러 가려고."

엄마가 말했다.

"잘됐다. 메리 글리 클럽 사람들이랑 자동차 극장에서 〈그리스〉 단체 관람하면서 노래 따라 부를 거랬지?"

"음, 톰이랑 둘이 갈 거야."

"아, 〈그리스〉를 좋아하는 사람이 없어?"

"아니야, 그냥 둘이서만 보러 가기로 했어."

엄마가 길게 자른 당근을 후무스 소스에 찍어 먹었다.

"비, 톰 아저씨를 어떻게 생각해?"

"면도를 자주 해야겠던데. 턱수염이 부숭부숭해."

나는 크래커를 반으로 쪼갰다.

"하하, 톰한테 그 말 꼭 전해야겠다."

엄마가 웃으며 중얼거렸다.

톰 아저씨라. 나는 그 이름을 머릿속에 되뇌었다. 언젠가 그 이름을 내 사전에 등록하는 날이 올까? 엄마는 이미 자신의 사전에 올린 듯했다. 아직 나는 톰 아저씨에 대해 제대로 생각해 본 적이 없었다. 어쨌든 아저씨는 지금까지 비 팔로우 방해 작전에서 엄청난 비중을 차지하고 있다. 무엇보다 아저씨 덕분에 엄마가 행복하다. 나는 엄마에게 양손 엄지를 세워 보였다.

"엄지 왕자 이름이 톰이었대."

내가 씩 웃었다.

"고맙다, 우리 딸."

엄마는 아무렇지 않은 척하면서 사과 주스를 꿀꺽꿀꺽 마셨다. 그러다 너무 빨리 마시는 바람에 사레들린 기침을 해 댔다. 간신히 진정한 엄마가 휴대폰에 시선을 고정했다.

"인스타그램에 애너벨이랑 함께 찍은 사진을 올렸더라."

"응, 소문 참 빠르네."

나는 브라우니 사진에 누가 답을 달았나 궁금해 휴대폰을 슬쩍 봤다. 하지만 아무도 관심 없는 듯했다. 에밀리조차 별다른 말이 없었다. 애너벨이랑 서먹하게 지내는 걸 다 봤으면서도 그랬다.

"이 사진 별로인가 봐. 몇 시간이 지나도록 '좋아요'를 2백 개밖에 못 받았어. 4학년 때 올린 반짝이 신발 끈 사진보다 적네."

내가 투덜댔다.

"그게 뭐가 중요하니, 비."

엄마가 돗자리에 등을 대고 누웠다. 나는 엄마 얼굴 앞에 손을 휘휘 흔들었다.

"외계인이 우리 엄마 몸을 빼앗았나? 내 말이 맞으면 눈을 깜빡여 봐, 엄마."

"가끔은 그냥 다 잊는 것도 좋아. 렛잇고오오오오오."

엄마가 양손을 마법을 부리듯 휘저었다. 나는 엄마와 한목소리로 나머지 부분을 부르고 난 뒤 그 옆에 누웠다.

"와, 진짜! 평소라면 이렇게 느긋하게 노래나 부르고 있을 때가 아니잖

아. 엄마 제정신이야?"

"너 혼자 게시물 2개를 연달아 올렸잖아. 나는 그걸로 만족해."

"하지만 그 게시물 때문에 팔로워를 다 잃으면 어떡해?"

"렛잇고 한번 더 불러 달라고 앙코르 외치는 거야?"

엄마가 말했다. 햇볕 아래에 누워 있으니 나른해졌다. 지금까지 엄마는 팔로워가 늘길 원했고 나는 팔로워가 줄길 원했다. 우리는 둘 다 팔로워에 목숨을 걸었던 셈이다. 이젠 함께 걱정을 그만둬야 했다. 어쩌면 '비의 연대기'를 끝내는 편이 모두에게 좋을지도 모른다.

#19_버거 브라이언

브라이언의 시합 날이 되었다. 점심시간에 애너벨과 매티와 나는 브라이언과 함께 야외 탁자로 향했다. 벌써 구경하려는 아이들이 잔뜩 모여 있었다.

"야, 버거 브라이언이다!"

래리가 외쳤다.

"축하한다. 나보다 유명해졌네!"

내가 브라이언의 등을 두드리며 말했다.

"그래, 벌써 팔로워가 3백 명으로 늘었어. 엄청난 관심을 받고 있다는 증거지."

매티가 말했다.

"오늘 버거 브라이언 계정을 닫는다면 정말 슬프겠다."

애너벨이 말했다.

"그거야 새로운 계정으로 언제든지 돌아올 수 있으니까…"

매티가 어깨를 으쓱했다.

엄마는 계정을 새로 만들면 이전 계정의 팔로워들은 거의 따라오지 않는다고 말했다. 친구들에게 그 말은 전하지 말아야겠다.

"괜찮아. 나도 계획이 있어."

브라이언이 말했다.

"아침은 안 먹었지?"

애너벨이 물었다.

"어제도 온종일 굶었어야 할 텐데."

나도 덧붙였다.

"학교 오기 전에 토스트를 조금 먹었어."

브라이언이 어깨를 으쓱했다.

"네가 뭘 하려는지 알고 있는 거지?"

내가 브라이언을 돌아보며 물었다.

"저기 티-렉스 온다."

브라이언이 의자에 앉으며 말했다. 모여 있던 아이들이 입을 다물었다. 타이론이 쿵쿵 걸어오더니 브라이언 옆에 앉았다. 의자가 아니라 시소였다면 브라이언은 날아가 버렸을지도 모른다. 타이론은 덩치에서부터 브라이언을 앞섰다. 브라이언 3명 정도는 거뜬히 이기고 디저트도 먹을 수 있을 것처럼 보였다.

남학생 몇 명이 매점에서 산 햄버거가 가득 든 상자를 들고 왔다. 다른 날이었다면 브라이언의 꿈이 실현되었다고 생각했을 거다.

"햄버거 20개 사 왔어."

타이론의 친구 중 한 명이 말했다.

"그게 다야?"

타이론이 콧방귀를 뀌었다.

"시합하고 남으면 우리가 먹을 거야."

"그럴 일은 없을 거다, 노아."

타이론이 준비 운동이라도 하듯이 혀를 날름거렸다.

노아가 브라이언과 타이론에게 햄버거를 하나씩 건넸다.

"준비됐지? 시이이이이이작!"

아이들이 일제히 휴대폰을 꺼내서 화면을 통해 시합을 지켜보기 시작했다.

타이론이 단번에 햄버거 반을 입에 욱여넣었다. 반면 브라이언은 빵을 떼어 내더니 패티부터 먹기 시작했다. 그러고는 빵 한쪽을 돌돌 말아서 입에 넣었다.

"자식, 완전 햄버거 초보구만."

타이론이 비웃으면서 두 번째 햄버거를 먹기 시작했다. 곧 브라이언이 첫 번째 햄버거를 끝냈다. 하지만 타이론은 벌써 세 번째 햄버거를 먹는 중이었다.

"힘내, 버거 브라이언!"

나는 허공에 주먹을 휘둘렀다.

"망했다."

매티가 두 손으로 자기 머리를 감쌌다. 타이론은 네 번째 햄버거를 다 삼키고는 잠시 먹는 걸 멈췄다.

"얘가 따라올 때까지 기다려야겠어."

타이론이 스포츠 음료를 벌컥벌컥 마시고는 스트레칭을 했다.

세 번째 햄버거를 다 먹은 브라이언이 레고 조각을 분해하듯 네 번째 햄버거를 분리했다. 타이론은 다섯 번째 햄버거를 먹기 시작했다. 처음에 비하면 한입 크기가 줄었지만 내가 먹는 크기에 비하면 여전히 거대했다. 브라이언이 슬슬 따라잡고 있었다.

타이론이 다섯 번째 햄버거를 마저 씹어 삼키면서 여섯 번째 햄버거에 손을 뻗었다. 말수가 부쩍 줄어든 모습이었다. 어딘지 불편해 보였다. 타이론의 뇌는 이 정도로 일해 본 적이 없는 듯했다. 타이론의 어깨가 쑥 내려가더니 몸이 축 늘어졌다.

브라이언은 한결같은 모습으로 네 번째 햄버거를 열심히 먹는 중이었다. 타이론이 햄버거를 의자에 떨어뜨리고 거의 눕다시피 늘어졌다. 그의 친구들이 타이론의 등을 밀어 일으켰다.

"야, 계속 먹어. 먹으려던 건 끝내야 할 거 아니야."

타이론이 여섯 번째 햄버거를 들어 올렸다. 마치 엄청 무거운 덤벨을 들어 올리는 듯 힘겨워 보였다. 타이론은 햄버거를 입에 가져갔지만 결국 입에 넣지는 못했다.

"아… 더는 못하겠어."

나는 미치광이 코치처럼 돌변해서 브라이언을 향해 소리를 질렀다.

"버거 브라이언! 이번 것 다 먹고 하나만 더 먹어. 그러면 이길 수 있어! 넌 할 수 있어!"

아이들이 나를 따라서 버거 브라이언을 외치기 시작했다. 브라이언은 땀범벅이긴 했지만, 빵을 입에 넣고 물을 살짝 마시기를 반복하며 햄버거를 계속 먹었다.

"아주 과학적인 방법으로 먹고 있어."

매티는 잔뜩 흔든 탄산음료처럼 흥분했다.

브라이언이 다섯 번째 햄버거를 먹기 시작했다. 모두가 브라이언이 햄버거를 씹는 박자에 맞춰 그의 이름을 외쳤다. 선생님들도 브라이언을 보기 위해 교무실 밖으로 나왔다. 브라이언이 따로 빼 놓았던 패티를 입안에 밀어 넣었다. 그러고는 패티가 입 밖으로 튀어나오지 못하도록 손으로 입을 막았다. 브라이언이 꿀꺽 음식을 삼키고는 입을 벌렸다. 아무것도 없었다. 진짜 마술 쇼를 보는 것 같았다.

타이론이 인상을 쓰며 말했다.

"어서 하나 더 먹어. 그리고 시합에서 이기라고."

브라이언이 고개를 저었다.

"나는 비기는 데 만족해요. 햄버거 동지를 깔아뭉개고 싶은 생각은 없어요."

타이론이 빙긋 웃더니 손을 내밀어 브라이언과 악수했다.

"널 인정한다, 버거 브라이언."

"고맙습니다."

"언젠가 버거그램을 같이 하면 좋겠다."

티-렉스가 천천히 몸을 일으키더니 뒤뚱거리며 화장실로 향했다.

우리는 브라이언에게 달려가서 등을 두드렸다.

"물 더 마실래?"

매티가 물었다. 브라이언이 고개를 저었다.

"그냥 좀 누워 있고 싶어."

"핫산이 시합을 동영상으로 찍었어. 나중에 네가 어땠는지 직접 봐."

애너벨이 말했다.

"그럴 필요 없어. 직접 경험했잖아."

브라이언이 배를 쓰다듬으면서 트림을 했다.

"아슬아슬했어. 만약 티-렉스를 따라잡지 못했으면 어떻게 됐을까."

내가 말했다.

"아직도 햄버거를 먹고 있겠지. 그런 사진이 인스타그램에 올라가건 말건 나는 상관없어."

브라이언이 말했다. '비의 연대기' 계정을 닫으면 나는 어떻게 될까? 그래도 엄마는 5초마다 내 사진을 찍을까? 아마 그러겠지. 하지만 이젠 새 친구들이랑 취미가 생겼으니 엄마도 전만큼 인스타그램에 연연하지는 않을 것 같다.

그날 저녁, 식사를 마친 뒤 엄마는 방에 들어가서 나오지 않았다. 나는 방문을 두드렸다.

"엄마, 뭐 해?"

"들어와, 비."

엄마 방에 들어서자 빈 신발 상자가 발에 걸렸다. 엄마가 침대 위에 사진을 잔뜩 펼쳐 놓고 있었다.

"매티 엄마가 페이스북에 올린 사진을 보고 생각이 나서 우리 옛날 사진들을 보고 있었어."

나는 인형 뽑기 기계처럼 사진들 위로 손을 뻗어 아무 사진이나 집어 올렸다. 사진 속의 나는 눈물범벅인 채로 엄마 손을 꼭 잡고 있었다.

"이날, 널 데리러 어린이집에 갔는데 네가 울며불며 색연필을 다 찾아야 집에 간다고 하더라. 색연필 찾는 데 거의 한 시간이나 걸렸지 뭐야."

"난 기억 안 나는데."

"그야 물론 내 보관함에 넣어 뒀으니까. 슬픈 순간은 '비의 연대기'에 올리지 않았잖아."

"그렇지. 팔로워들은 따뜻하고 행복한 순간을 원하니까."

내가 고개를 끄덕였다. 엄마 뺨 위로 눈물이 흘러내렸다.

"이 모든 일들이 네가 겪을 만한 가치가 있는 걸까? 나는 네가 자라는 모습을 카메라 렌즈로 봐야만 했지."

엄마가 작은 목소리로 말했다.

"난 익숙해졌어. 뭐, 대부분은."

나는 엄마에게 휴지를 건넸다. 엄마가 휴지로 두 눈을 누르고는 큰소리로 코를 풀었다.

"나는 네가 계속 아이라고만 생각했는데. 너도 어른이 되겠지…. 영원한 건 없나 봐, 그치?"

"난 아직 여기 있는걸."

엄마 손을 꼭 잡고 눈을 들여다봤다. 눈물이 계속 흐르고 있었다. 빨

리 생일이 왔으면 좋겠다. 그날 엄마에게 내 모든 계획을 사실대로 털어
놓을 거다.

#20_열 네번째 생일

생일날 아침, 잠에서 깨자 엄마의 카메라가 나를 향하고 있었다.

"비의 생일을 축하합니다!"

엄마가 노래했다. 엄마 목소리에 긴장감이 배어 있었다. 오늘은 비-데이다. 그리고 '비의 연대기'의 마지막을 장식하는 날이 될 것이다.

"생일 파티 할 준비 끝났어. 너도 준비되면 아래층으로 내려와."

아침을 먹으러 아래층으로 내려갔다. 엄마가 식탁에 앉아 시리얼을 뒤적이면서 나를 기다리는 중이었다. 나는 코코 팝스를 꺼내 그릇에 부었다. 분위기가 점점 어색해지고 있었다. 엄마는 질문도 하지 않고 내 답을 기다리는 눈치였다.

"무슨 생각해, 엄마?"

내가 숟가락을 들며 입을 열었다.

"아니, 아니야."

엄마는 내가 그릇에 우유를 따르는 모습을 지켜보며 계속 말했다.

189

"그냥 내일 컬러런 대회 생각을 하고 있었어. 5킬로미터라··· 그러니까 5천 미터라는 말이네."

"잘 해낼 거야. 열심히 훈련했잖아. 색깔 가루 맞는 것만 빼고."

"그거야 분위기 띄우려고 하는 거니까 연습이 필요 없지."

엄마가 코코 팝스를 먹고 있던 시리얼에 섞었다. 우리는 어색한 침묵 속에 앉아 있었다.

"엄마, 이제 나한테 물어봐야지···."

그릇에 숟가락을 넣으며 내가 말했다.

"어?"

"생일 때마다 엄마가 하는 질문 말이야."

내 말에 엄마가 침을 꿀꺽 삼켰다.

"그게 벌써 답을 알고 있어서··· 만약 오늘 하루가 끝날 때 물어보면, 인스타그램에 사진 몇 장 더 올려도 되는 거니?"

"나는 친구들이 오기 전에 엄마가 물어봐 줬으면 좋겠어. 나한테는 정말 중요한 일이거든."

엄마가 숨을 깊게 들이마셨다.

"그래, '비의 연대기'를 계속하고 싶니?"

"아니."

엄마 얼굴에서 미소가 서서히 사라졌다. 엄마는 숟가락에 비친 자기 얼굴을 가만히 바라봤다.

"알았어, 비."

나는 방에서 가져온 파일을 엄마 앞에 내려놨다.

"이제 다음 단계를 시작해야지. 얼마나 오랫동안 세운 계획인지 몰라."

내가 파일을 펼쳤다. 엄마가 첫 장을 봤다.

"응? '우리 연대기'라고?"

"맞아, 이런 식으로 인스타그램에 엄마랑 내 사진을 함께 올리자. 나는 내 걸 올릴게."

나는 파일을 한장 한장 넘겼다. 메리 글리 클럽 단원들과 함께 노래를 부르는 엄마 사진이 한 페이지를 장식하고 있었다.

"엄마는 엄마 이야기를 공유하면 되잖아. 생각해 봐, 그러면 합창에 관심 있는 사람들이나 글리 클럽이랑 비슷한 활동을 하는 사람들이 우리 계정을 팔로우 할 거야."

"얘 좀 봐, 이젠 나처럼 말하네."

엄마가 웃음을 터뜨렸다. 나는 엄마에게 내 계획의 마지막 장을 보여 줬다. 거기에는 지난주에 소풍을 가서 함께 찍은 우리 사진이 있었다.

"실제 생활에서처럼 우리가 인스타그램에서도 함께할 수 있다는 점이 핵심이야. 나는 내가 어떻게 지내는지 엄마에게 보여 주고 싶어."

"우리 연대기라… 훨씬 다양하게 활용할 수 있겠는걸."

엄마가 고개를 끄덕였다.

"언젠가는 다른 사람도 '우리 연대기' 속에 들어와 함께하겠지."

"톰이랑 나에게는 좀 이른 것 같은데."

엄마가 눈을 반짝였다.

"난 거북이나 뱀 같은 털 없는 반려동물 얘기였는데."

내가 장난스럽게 대꾸했다.

"좋아, 나도 찬성이야."

엄마가 나를 껴안았다.

"와, 그럼 뱀 키우는 거야?"

"아니! 인스타그램 계정을 우리 모두를 위해 운영하자는 얘기 말이야."

엄마가 나를 안은 팔에 힘을 줬다. 이제 숨겨야 할 비밀이 없다고 생각하니 속이 시원했다. 비 팔로우 방해 작전이 우리 팔로우 작전으로 바뀌어서 너무 기뻤다. 또 이름을 바꿔야 할 날이 올 것 같지는 않다.

애너벨과 브라이언과 매티가 우리 집에 왔다. 엄마는 요리에 온 정성을 다했다. 덕분에 우리는 포근포근한 으깬 감자, 야채를 곁들여 구운 통닭 같은 맛있는 음식으로 잔뜩 배를 채웠다. 나는 브라이언에게 빵 2개를 건넸다.

"이걸로 햄버거 만들어 먹어도 돼."

"아냐, 오늘은 특별한 날이잖아."

브라이언이 웃었다.

"난 잼 국수 같은 음식을 기대했는데."

매티가 세 접시째 먹으면서 말했다.

우리는 엄마가 생일 케이크 장식을 마무리하는 동안 거실에 둘러앉아 마리오 카트 게임을 했다. 엄마는 나를 놀라게 하려고 어떤 케이크인지는 비밀로 했다.

"엄마한테 '우리 연대기' 계획 얘기했어?"

애너벨이 말했다.

"물론이지. 엄마도 좋다고 했어."

나는 애너벨에게 몸을 기대고 안도의 한숨을 내쉬었다.

"그럼 '비의 연대기'에 너희 엄마도 등장한다는 뜻이네?"

매티가 말했다.

"그것보다 더 많은 일이 벌어질 거야."

나는 TV 화면에서 눈을 떼지 않고 말했다. 게임 패드를 조작하는 손가락이 얼얼했다.

"인스타그램 하는 게 신난다는 생각이 든 적은 정말이지 처음이야. 원한다면 너희 모두 '우리 연대기'에 함께할 수 있어."

"정말? 버거 브라이언 계정에 엄청난 소식인데?"

브라이언이 주먹으로 자기 가슴을 쳤다.

"엄마가 타이포랑 다른 업체에 이메일을 보냈어. 어쨌든 후원사가 우리 계획을 듣고 나서도 계속 함께할지 말지를 두고 불안해하지는 않으려고."

"케이크 먹을 사람?"

우리가 게임 마지막 판을 막 끝낼 때쯤, 엄마가 거실로 나와 물었다.

"그런 건 물어볼 필요도 없지!"

내가 말을 마치기 무섭게 우리 모두는 부엌으로 달려갔다.

엄마의 케이크는 이 세상의 것이 아니었다. 은빛으로 빛나는 별 모양의 케이크 위에 금빛 별이 우뚝 솟아 있었고, 이 말이 쓰여져 있었다.

'비의 연대기'는 펑 터졌습니다!

"야, 이걸 찍어서 인스타그램에 올리면 '좋아요' 수백만 개는 받겠다."

브라이언이 말했다.

엄마가 생일 축하 노래를 시작하자 모두 함께 따라 불렀다. 노래를 마치자 축하 인사가 이어졌다.

"좋아, 사진 찍게 모두 모여 봐."

엄마가 휴대폰을 들며 말했다.

"다 같이 찍기 전에 내 사진 먼저 찍어 줄 수 있어?"

"물론이지."

엄마가 내 사진을 몇 장 찍은 뒤 친구들과 함께 있는 모습을 찍었다. 우리는 14개의 초가 다 녹기 전에 재빨리 자세를 바꿔 가며 사진을 찍었다. 그러고 나서 나는 초를 불어 끄기 위해 허리를 굽혔다.

"소원 빌어야지."

애너벨이 말했다.

나는 잠깐 눈을 감았다가 촛불을 껐다. 내 소원은 벌써 이뤄졌기 때문에 더 빌 소원이 없었다. 나는 이미 이뤄진 소원을 또 빌었다.

시간은 순식간에 흘러 모두 집으로 돌아갈 때가 되었다. 엄마는 남은 별 모양 케이크를 나누어 모두에게 싸 줬다.

친구들과 작별 인사를 나누고 현관문을 닫자마자 엄마가 휴대폰을 꺼냈다.

"자, 이제 일을 마쳐야지. '비의 연대기'에 게시물 하나만 더 올리자."

우리는 소파에 앉았다. 엄마가 휴대폰으로 사진들을 보여 줬다.

"네 친구들과 찍은 사진 어때?"

"지금까지 올렸던 생일 사진처럼 나 혼자 나온 사진이어야 해."

내가 고개를 저으며 말했다.

"진심이야?"

"물론이지. 그 전통도 끝내야 하니까."

엄마는 내 말을 듣더니 게시글을 적어 넣기 시작했다.

'내 딸 비, 넌 빛의 속도보다 빠르게 자라고 있구나. 네가 언제나 내 우주의 중심이라는 사실은 변하지 않을 거야.'

엄마의 마음이 듬뿍 느껴지는 글. 온몸에 따뜻한 기운이 퍼졌다.

"좀 느끼한가?"

엄마가 고개를 살짝 기울였다.

"아니, 완벽해."

내가 엄마 어깨에 머리를 기대며 말했다.

#21_우리 연대기

엄마와 나는 단 한 번도 일요일 아침에 일찍 일어난 적이 없다. 하지만 기적은 일어난다. 컬러런은 시드니 올림픽 공원에서 열렸다. 우리는 무사히 일어나 참가 번호를 달고 기차에 올랐다. 목적지에서 내려 안내 표시를 따라가자 출발선이 보였다.

"그거 알아? 6천 명 넘는 사람들이 컬러런에 참가한대."

엄마가 인스타그램 컬러런 계정을 보며 말했다. 실제로는 훨씬 더 많아 보였다. 나는 형형색색의 운동복들이 출렁이는 바다에 빠진 기분이었다.

엄마가 사진을 몇 장 찍었다.

"이 사진을 '우리 연대기' 첫 게시물로 올릴까? 신나는 느낌이 잘 전달될 거야."

엄마는 인스타그램에 관해서라면 모르는 것이 없다. 앞으로도 팔로워들에게 주목받는 방법만큼은 엄마를 따를 예정이다. 어젯밤, 아이디어를 내기 위해 엄마와 작전 회의를 했다. 엄마는 자신이 좋아하는 요리, 제과제빵, 노래와 그 밖의 여러 취미에 대한 아이디어를 폭포수처럼 쏟아 냈다. 이제야 우리가 진짜 한 팀이 되어 움직이는 느낌이 든다.

우리는 첫 번째로 달리는 조의 마지막 줄에 섰다. 주변 사람들 모두 다리를 풀거나 제자리 뛰기를 하고 있었다.

"사람들이 왜 저렇게 진지한 거니? 먼저 달려가서 색깔 가루를 다 없 애 버릴 생각인가?"

엄마는 조금 불안한 기색이었다.

"엄마, 우리가 팀으로 뛴다는 것에 집중해. 그냥 우리 둘이서 호숫가 를 달린다고 생각하자."

출발 신호가 울렸다. 사람들이 벌써 경주가 끝난 듯이 환호성을 질렀 다. 모두 발을 구르며 소 떼처럼 천천히 움직이기 시작했다. 출발선을 지 나면서 엄마가 셀카를 몇 장 찍었다.

"좋아, 이제 가자."

우리는 다른 사람들과 함께 뛰었다. 첫 모퉁이를 돌 때 반짝이는 파 란색 가루가 뿜어져 나왔다. 엄마는 소리를 질렀고 나는 웃음을 터뜨렸 다. 색깔 가루가 팡팡 터지면서 온몸에 색색의 가루가 묻었다. 엄마와 나는 처음에는 가볍게 걷다가 점점 속도를 높였다. 물을 마시고 사진을 찍을 때에만 잠시 멈췄다. 그렇게 셀카를 열 번 정도 찍고 나자 엄마는 휴대폰을 집어넣었다.

"이제 결승선 가까이에 가면 찍자."

마지막 구간을 남겨 뒀을 즈음, 엄마와 나는 거의 걸어 다니는 무지개가 되어 있었다. 얼마 지나지 않아 저만치에 결승점이 보였다.

"열심히 훈련한 보람이 있다. 그치, 엄마?"

"미안하지만 내 머릿속에는 누텔라 피자 생각뿐이야."

엄마가 대꾸했다. 엄마 얼굴이 설탕물을 입힌 트리플베리 도넛으로 보였다. 나 역시 배가 고팠던 거다. 구경하러 나온 사람들이 길 양쪽 편에서 우리를 응원했다. 그 가운데 애너벨과 애너벨 부모님이 톰 아저씨와 함께 서 있었다. 모두 우리 사진을 찍느라 분주했다. 엄마가 멈춰 섰다.

"천천히 달리면서 이 순간을 즐기자."

"다른 말로 인스타그램용 사진을 찍자는 뜻이지."

내가 덧붙였다.

"네가 말한 거다. 내가 꺼낸 얘기가 아니야."

엄마는 휴대폰을 꺼내기 위해 허리춤에 두른 가방을 뒤적였다.

"엄마, 내 걸로 찍자."

나는 내 휴대폰을 꺼내 엄마와 사진을 찍었다. 우리 모습이 마치 알록달록한 과일 맛 사탕 같았다.

"이 사진, '우리 연대기' 첫 게시물로 어때?"

엄마가 물었다.

"글쎄, 잘은 모르겠지만… 멋진데! 그러려면 일단 완주부터 해야지?"

엄마가 결승선을 향해 달리기 시작했다. 나는 달리는 엄마의 모습을 찍은 뒤 뒤쫓아 뛰었다. 우리는 손을 잡고 결승선을 함께 통과했다.

"고마워, 비. 컬러런도 그렇지만 넌 날 그곳에서 꺼내 줬어."

엄마가 나를 꽉 끌어안았다. 그 바람에 색깔이 뒤섞여 우리는 오색찬

란한 무지개가 되었다.

"엄마도 엄마 인생을 살아야지, 나한테만 매여 있지 말고."

나는 몸을 돌려 결승점을 바라봤다.

"이쪽이 훨씬 잘 나오겠다."

팔을 뻗어 셀카를 찍고 엄마와 함께 사진을 들여다봤다. 사진 속 우리는 킬킬대는 유령 한 쌍 같았다.

"바로 이거야. '처음으로 함께 달렸어요!' 이렇게 쓰면 어때?"

"좋아, 그리고 '경주는 끝났지만 새로운 여행이 시작됩니다'라고 쓰자!"

"우아, '우리 연대기' 만세!"

엄마와 하이파이브를 하고 '우리 연대기' 계정에 게시물을 올렸다.

"새 계정을 '비의 연대기' 계정에 링크할게."

"딸, 그런데 '비의 연대기' 팔로워들이 '우리 연대기'로 올까?"

엄마가 물었다.

"아무려면 어때. 우리에게 중요한 사람들이라면 어디로 가든 우리를 팔로우 할 거야."

나는 엄마를 보며 활짝 웃었다.